大活字本シリーズ

重松 清

ポニーテール《上》

埼玉福祉会

ポニーテール

上

装幀　関根利雄

第一章

1

猫がいた。

通りの先の、雑草が生い茂る空き地から、とことこと出てきたところだった。

まだ子猫だった。背中のほうは茶色と金色が交じり合っていて、おなかは白。細いしっぽの先がフックのように曲がっていた。

フミは、うわあっ、と歓声をあげたいのをこらえて立ち止まった。口を両手でふさいで声が漏れないよう注意しながら、こっちおいで、こっちおいで、こっちおいで、とおまじないの呪文を唱えるようにつぶやいた。

子猫は通りの真ん中まで来ると、不意にこっちを見た。

フミと目が合った。

しばらくじっとしていた子猫は、ふと我に返って、あわてて体をひねり、空き地に飛び込むように戻ってしまった。

わかるわかる、とフミは口を手でふさいだままうなずいた。そうそうそう、猫は最初、一瞬、ぼーっとするんだよね、と宿題の答え合わせで○がつづいたときのようにうれしくなってくる。

逃げてしまったのは残念だったが、猫にばったり出会えただけでもよかった。プレゼントを贈られたような気がする。

フミは口から手を離した。急に息苦しくなった。声だけでなく息までこらえていたことに、いまになって気づいたのだ。

はあはあ、ふうふう、と大きく息をしていたら、後ろにいたマキが歩きだして、追い越しざま、「先に行くよ」と言った。

フミはポニーテールの揺れるマキの背中に「猫がいたよ」と声をかけ、少しだけ言葉をつっかえさせて、「おねえちゃんも見た？」とつづけた。

マキは何歩か進んだところで足を止め、「見たよ」と面倒くさそうに言った。

「かわいかったよね」

「ふつうじゃん」

「また出てくるかなあ」

「来ないよ」

あっさり切り捨てて、「ほんと、早く歩かないと学校に遅れちゃうよ」と歩きだす。

フミもしかたなくあとにつづいた。マキの背負ったランドセルは、学校の誰とも違うデザインだった。横長で、中学校の通学鞄のような形をしている。蓋を止める金具のすぐ上の真ん中、いちばん目立つところに星の形の小さなシールが貼ってある。アルミホイルのように光を反射してキラキラ光る、銀色のお星さまだ。フミは、それを見るたびに――いまも、きれいだなあ、と思う。

空き地の前を通りすぎるとき、フミは雑草の茂みを覗(のぞ)き込んでみたが、猫の姿は見あたらなかった。マキは空き地にはちらりとも目を向けず、まっすぐに前を向いて歩く。

距離が開いた。追いつこうとして足を速めかけた矢先にトンボを見つけて、フミはまた立ち止まる。トンボは空き地を管理する不動産会社の看板にとまっていた。青い色をしたトンボだった。

「おねえちゃん、トンボ」

今度はさっきよりすんなりと声が出た。

昨日よりも今日、今日よりも明日、さっきよりもいま、いまよりも今度……少しずつ慣れていけばいいんだから、とお父さんに言われた言葉を思いだした。

でも、「あ、そう」とだけ応えて振り向きもしないマキのそっけなさには、まだ慣れない。いつもしょんぼりしてしまう。

小走りして追いついた。

「青いトンボだったけど、名前、なんていうの？」

「シオカラトンボじゃない？」

態度はそっけなくても、訊いたことに答えてくれない、というわけではない。

「なんでシオカラっていうの？」

マキは少し黙って、「わたしが決めたわけじゃないから」と言った。

フミは、またしょんぼりとうつむいてしまう。歩きながら、おかっぱの髪を指で梳いた。もともと癖っ毛のうえに寝癖が加わって、くるん、と外にはねた髪を、指でひっぱって伸ばす。気まずくなったときは、いつも、気づかないうちにそうしている。

しばらく話が途切れた。空き地を通り過ぎると、マキはムスッと息をついて、「あのさ」と言った。「夕方になると色が変わるんだよ、あのトンボ」

「そうなの？」

「うん。五年生の教科書に出てるから」

フミは小学四年生だった。マキは六年生。二学期が始まって三日目の朝だった。

「何色になるの？」

「赤」

「じゃあ、赤トンボとそっくりになるの？」

「そっくりじゃなくて、同じなんだよ。シオカラトンボが夕方になって赤くなったのを、赤トンボっていうの」

ほんと？　とフミが目をまるくすると、マキはすまし顔のまま「嘘(うそ)」と言って、そんなのあたりまえじゃん、と笑った。

笑い方も冷ややかでそっけない。それでも笑顔は笑顔だった。フミも「なーんだ、ひどーい」と笑い返して、今度はどうかな、だいじょうぶかな、もっとじょうずに言えるかな、と期待と不安を交じえてつづけた。

「おねえちゃんがまじめに言うから、信じちゃった、わたし」

よかった。自然に言葉が出た。今日はいいことがあるかもしれない。猫にも出会えたし、「おねえちゃん」の言い方はベスト記録を更新しつづけている。

フミはマキを追い越して、先に立って歩きながら、さっきの子猫のことを思いだした。首輪は付けていなかったから、野良猫（のらねこ）かもしれない。空き地の茂みの中にはお母さんやきょうだいがいたのだろうか。それとも、まだ子どもなのに、ひとりで生きているのだろうか。

子猫と入れ替わるように、ゴエモンの姿が浮かぶ。あの子猫と同じような模様で、しっぽの先が曲がっているのも同じ、でももっと大きな体つきの猫だ。フミがものごころついた頃にはすでに家にいて、小学一年生の秋に死んでしまった。泣きじゃくるフミに、動物病院のお医者さんは「もうおじいちゃんだったから、天寿をまっとうしたんだよ」と言ってくれた。天寿をまっとうするという意味はよくわからなかったが、きれいな花に囲まれたゴエモンの顔は、お気に入りのサイドボードの上で昼寝をしているようにとても安らかで、幸せそうで、またどこかで会えそうな気がした。

あの子猫が、そうなのだろうか。天国にいたゴエモンが生まれ変わって、また地上に降りてきたのだろうか。神さまが——というより、お母さんが、フミのために、ゴエモンを生まれ変わらせてくれたのだろうか。

「おねえちゃん」

足を止め、振り向いて言った。ベスト記録をまた更新した。

「おねえちゃんは、猫と犬、どっちが好き？」

胸がちょっとドキドキする。いいアイデアが浮かんだのだ。マキの答えしだいでは、もしかしたらうまくいくかもしれない。

でも、マキは「動物って、あんまり好きじゃない」と言って、フミを追い越した。「途中で止まるのってやめてよ。間に合わないよ、ほんとに」

あのね、じゃあね、じゃあね、とフミは体と声の両方でマキを追いかけた。

「好きじゃなくてもいいんだけど、その中でも、猫と犬だとどっちが好き？」

「……犬のほうが嫌い、かな」

一瞬、頭の中がこんがらかった。あ、そうか、そういうことなんだ、と話の筋道が通ると、ほっとした。「どっちが好き？」と訊いたんだから好きなほうを答えればいいのに、という気はする。でも、マキのそういう言い方には、もうだいぶ慣れてきた。

おねえちゃんは猫が好き――正確には「犬よりも嫌いじゃない」でも、「嫌いじゃない」と「好き」は同じ、ということにした。

第一関門、突破。フミはつづけて言った。

「ちっちゃい頃、ウチ、猫がいたの」

「ふうん」

「ゴエモンっていう名前だったの」

「ふうん」

「ヘンな名前でしょ？」

「べつに」

えーっ、とフミは思わず声をあげそうになった。予想外の反応だった。こんなふうにあっさり言われると困ってしまう。話をどうつづけていいかわからない。

マキがちらりとこっちを見た気がした。でもフミが顔を上げる前にマキは足を速め、さっきと同じようにムスッと息をついて、言った。

「まあ、ちょっとヘンはヘンだね」

フミは顔を上げる。「でしょ？　でしょ？」と笑顔に戻った。「前の学校でも、よく言われてたもん。なんでそんな名前にしたの、って」

お楽しみ会のクイズになったこともあるんだよ、とフミは得意そうに言って、「おねえちゃんはわかる?」と訊いた。
「さあ……わかんない」
それほど本気で考えたわけではなさそうだったが、まあいいや、と
フミは話を先に進めた。
「ウチの苗字って石川でしょ。石川五右衛門っていうひとが時代劇の
頃にいたから、ゴエモンなの。石川五右衛門ってね、泥棒で、最後は
釜ゆでになっちゃったんだけど、正義の味方だったんだって。だから、
ヘンな名前だけど、全然悪い名前じゃないんだよ」
マキは黙っていた。
「だからね」とフミはつづけた。ここからが本題だった。
「もしもだけどね、もしも、もしもだよ、もしもの話だよ、もしも、

ウチで猫を飼うことになったら、その子の名前、ゴエモン二世がいいな、って……」

思うんだけど、とつづけようとしたら、マキの声でさえぎられた。

「あのさ」

ぴしゃりとした声だった。フミの言葉を止めるだけでなく、まわりの空気まで凍らせてしまうような、おっかない声でもある。

「悪いんだけど、前のウチの話するの、やめてくれる？」

フミをにらんで、「あと、ゴエモンでもなんでもいいけど、猫のこと、お母さんにはしゃべらないほうがいいよ」と言う。

フミは小刻みにまばたきした。理由を訊きたかったが、声がなかなか出てこない。マキににらまれると、いつもこうなってしまう。

なんとか喉(のど)から声を絞り出して訊くと、マキは「フミは知らないと思うけど、お母さんは、犬より猫のほうが嫌いだから」と言って、ぷいと横を向いた。

フミは泣きだしそうになった。お母さんが猫を嫌いだということも悲しかったが、それ以上に「フミは知らないと思うけど」の一言のほうが悲しかった。

マキはまた早足になった。フミは追いつくのをあきらめて、後ろをついていった。なにか話しかけたかったが、さっきまですんなりと言えた「おねえちゃん」が、喉の奥にごつごつとひっかかって、うまく出てきそうになかった。癖のついた髪をひっぱって伸ばしながら、まあいいや、とため息をついた。せっかく今日は朝から調子がよかったのだから、それを台無しにしてしまうより、もう学校に着くまで黙っていよう。

マキと同じ家で暮らすようになって、今日はちょうど一カ月目だった。記念日だから今夜の晩ごはんはごちそうにするね、とお母さんは出がけに言っていた。

今日は、マキのお母さんがフミのお母さんになってから一カ月目の記念日でもあった。

2

子猫のおかげで、友だちができた。

おしゃべりする話題がほかに見つからなかったので「二丁目の空き

地に子猫がいたよ」と隣の席の子に言ってみただけなのに、二丁目の空き地ってどこだっけ、どんな猫だったの、その猫さわったりできそうなの、と何人もまわりに集まってきたのだ。

予想以上の盛り上がりだった。昨日までとは違う。おとといは初対面で、昨日もまだ、フミは新入りの転校生という立場のままだった。話しかけてくるみんなにも遠慮があったし、フミのほうはもっと緊張して、うまく笑うことさえできなかった。

でも、もうだいじょうぶ。距離がいっぺんに縮まった。ふつうの友だち同士のように軽い調子でしゃべったり笑ったりできるようになった。みんなも、フミと一緒ににぎやかに盛り上がれるきっかけを待っていたのかもしれない。

やっぱりあの猫はゴエモンの生まれ変わりなんじゃないかな、ほんとうにゴエモン二世じゃないのかな、と本気で信じたくなった。新しい学校に早くなじめますように、とお母さんが天国から送ってくれたのかも……と思いかけて、心の中で言い直した。

前のお母さん。

まだ慣れない。最初は、亡くなったお母さんは「お母さん」のままで、お父さんが再婚したお母さんは「新しいお母さん」だった。でも、ふとそれを口に出したら、「新しい」は付けちゃだめだよ、とお父さんに言われた。いまのお母さんやマキと一緒に暮らしはじめる少し前――七月頃のこと。だから、最近は「前のお母さん」と「いまのお母さん」というふうに分けている。

とにかく、ゴエモン二世に会えてよかった。友だちもできたし、通学路にいたというのがうれしい。始まったばかりの新しい生活を見守ってもらえるような気がする。

運のよかったことがもう一つあった。

最初にゴエモン二世のことを話しかけた隣の席の子は、空き地のすぐ近所に住んでいたのだ。みんなから「ツルちゃん」と呼ばれている、鶴田(つるた)さんという女の子だ。

鶴田さんによると、あの空き地には、もともと一戸建ての家があったらしい。春頃にその家が取り壊されて更地になり、売り物件の看板が立てられて、買い手がつかないまま雑草だらけになってしまったのだという。

「でも、いままで見たことなかったなあ、子猫なんて」

「わたしも、昨日とか、おとといは、全然見なかった」

「だよねー」

「鶴田さんは野良猫だと思う？」

「っていうか、迷い猫か、捨て猫だよね」

あ、そうか、とフミはうなずいた。そっちの呼び方のほうが正しいし、優しい。

鶴田さんはつづけて言った。

「やっぱり捨て猫かなあ。だって子猫だったんでしょ？　そんなに遠くまで行かないよね、子猫だと。で、近所で猫を飼ってるウチって聞いたことないから。あそこの空き地ってペットボトルとかたくさん捨てられちゃってるから、捨て猫の可能性、大ありだよね。で、捨てられたんだとすれば、それ、ゆうべのことかも」

まるで探偵みたいだ。メガネをかけた顔が急に賢そうに見えてきた。

「放課後、行ってみようか」

「一緒に？」

「うん……石川さんさえよかったら、だけど」

全然オッケー、全然オッケー、とフミは首を何度も横に振った。

「一回ウチに帰ってさ、おやつとかあるじゃない、それ、ちょっと猫ちゃんに持って行ってあげない？」

うん、うん、うん、と今度は大きくうなずいた。

猫がびっくりして怖がるといけないから、と鶴田さんは別の友だちは誘わなかった。「でも、聞いたらみんなも絶対に行きたがるから、ナイショだよ」と口の前で人差し指を立てて、いたずらっぽく笑った。フミも同じしぐさをして、同じように笑い返した。どんどん楽しくなってきた。二人だけの秘密というのがいい。

学校からの帰りは五、六人のグループになった。一人だった昨日やおとといは帰り道が長かったが、今日はおしゃべりをしているうちにあっという間に二丁目の空き地まで来た。

でも、フミと鶴田さん以外の子はみんな子猫のことは忘れていて、誰も立ち止まろうとはしなかった。「みんなが猫のこと思いださないように、帰りは全然関係ない話をしよう。石川さんが前の学校のいろんなことをしゃべってたら、みんなもそっちに夢中になるから」と鶴田さんが言っていたとおりだ。

空き地を通り過ぎたあと、やったね、と目配せし合った。

ありがとう、ともフミは表情で伝えた。鶴田さんがうまい調子で「石川さんが前にいた学校って、給食おいしかったの？」「昼休みはなにして遊んでたの？」と質問して、テンポよく相槌を打ってくれたおかげで、フミが自然とおしゃべりの主役になった。

みんなと別れたあと、早足になって歩きながら、ツルちゃん、とつぶやいてみた。まるでついさっきまでそう呼んでいたみたいに、すんなりと言えた。

家に帰ったフミは、洗面所で手を洗うと、リビングと続き部屋の和室に入った。ダッシュで二丁目の空き地に出かけたいところでも、これだけは欠かせない。

和室はがらんとしている。家具は格子の形をした小ぶりの棚が一つきり——そこに、前のお母さんの写真が飾ってある。お客さんが泊まりに来たときのための部屋だが、ふだんは誰も使っていない。前のお母さんの部屋ということになる。

棚の前にちょこんと座り、「ただいま」と写真に声をかけたあとは、つい線香を探して手が出てしまう。そういうところが、まだ慣れない。お父さんと二人暮らしをしていたマンションには仏壇があった。学校から帰ると必ず真っ先に線香を立てていた。今度の家に仏壇はない。

位牌もお母さんの生まれ故郷に帰って、おじいちゃんとおばあちゃんがご先祖さまと一緒に供養している。

お母さんの写真は、フミの入学式に合わせて、写真館に出かけて撮ったときのものだった。家族全員の記念写真から、お母さんの顔のところだけをプリントし直したのだ。だから、ほんとうは同じ写真にお父さんもいたし、フミもいた。ゴエモンまで、お父さんの胸に抱かれていた。それが唯一の、三人プラス一匹がそろって写った写真だった。

その日から半年後にゴエモンが天国に旅立ってしまい、二年生の夏には、お母さんもまだ三十五歳の若さで亡くなった。もともと体が弱かった。腎臓と心臓の具合が生まれつき良くなかった。子どもの頃には何度も入院して、医者から「今夜がヤマだ」と言われたこともあった。結婚後も、入院こそしなかったが病院通いは欠かせず、微熱がつづいて寝込んでしまうことも多かった。

「子どもの頃からずっと体が弱くて、自分はもうすぐ死んじゃうかもしれないって思ってて……だから、優しかったんだよ、お母さんは」

お父さんは、お酒に酔って帰ってくると、しょっちゅうお母さんとゴエモンの話をする。再婚する少し前の夜もそうだった。

ゴエモンの子猫時代は両親も知らない。新婚ほやほやの二人が住んでいたアパートに何年も前から居着いていて、すでにボス猫の貫禄(かんろく)があった。仕事で帰りの遅いお父さんはその頃のゴエモンとはほとんど会っていなかったが、家にいるお母さんは、テラスに来るゴエモンにごはんをあげているうちに、すっかり仲良しになった。

「テラスにトイレを置いて、オシッコやウンチのしつけまでやったんだ。ゴエモンがご近所に迷惑をかけて嫌われ者にならないように、って。お母さんは、そういうことまで考えるひとだったんだよ。ほんとうに優しいだろ？」

　お母さんが生きている頃から何度も聞いていた話だったが、いなくなってから聞くと、いっそう胸に染(し)みてくる。

　ゴエモンのほうもお母さんのことがよほど気に入ったのか、二年後に引っ越すとき、トラックの荷台に勝手にもぐりこんでしまった。そして、新居に着くと、まるでここが我が家だと宣言するみたいに、部屋の真ん中で香箱座(こうばこずわ)りをしたのだ。

「昔から『犬はひとに付いて、猫は家に付く』っていうんだ。だから、ゴエモンが一緒に引っ越してきたっていうのは、ふつうなら考えられないことなんだよ。お父さんもお母さんも、それで感動しちゃって……」

新居の賃貸マンションはペット禁止だったが、両親にゴエモンを追い出すつもりなどなかった。それでも、こっそり飼うのには限界がある。

「引っ越しちゃおうか」と決めたのは、お母さんだった。お父さんも、思わぬ出費に内心「まいったなあ……」とぼやきながらも賛成した。

そんなわけで、一カ月もしないうちに、両親とゴエモンは新しいペット可のマンションに引っ越した。二度目の引っ越しの手伝いに来てくれたお父さんの友だちは、すっかり家族の一員になったゴエモンを見て、「カギしっぽの猫は縁起がいいんだぞ」と教えてくれた。しっぽの曲がったところで幸せをかき集めてくれる、と昔から言われているらしい。

確かに、その言い伝えは正しかった。新しいマンションに引っ越してほどなく、お母さんのおなかに小さな命が宿っていることがわかった。

「それがフミだったんだよ……」

お母さんが生きていた頃は、もっとその言葉に元気があったし、両親そろって拍手をして話を締めくくっていたものだった。でも、いまはもう拍手をしてくれる相棒はいない。お父さんの寂しさも年がたって薄れるどころか、どんどん増しているようだった。

お父さんはその夜、目に浮かんだ涙をごしごしとワイシャツの袖で拭って話を終え、それっきりゴエモンの話は新しいわが家では口にしていない。

前のお母さんに「ただいま」のあいさつを終えると、キッチンに駆け込んで、「ただいまーっ！」と、いまのお母さんにあいさつをした。いつもの順番だ。逆にしたほうがいいのかどうか、ずっと迷っている。最初の「ただいま」はいまのお母さんに言ってあげたい気もするが、いまのお母さんに会ったあとで「ちょっと待っててね」と和室に行くほうがかえって悪いようにも思う。

結論が出ないまま、とりあえずいまは「ただいま」の声の張り上げ方を変えている。それがどこまで伝わっているのか、そもそも最初から順番なんて気にしていないのか、「はいはーい、お帰りなさーい」と応えるいまのお母さんの笑顔は、いつも明るい。

「フミちゃん、まだ固まりすぎてないから、タイミングばっちり」

お母さんは冷蔵庫からプルプルのフルーツゼリーを出してくれた。口の中でとろけてしまうほどのやわらかさでも、流れてしまうわけではない、ほんとうに絶妙の固まり具合だった。

「学校どうだった?」

「うん、面白かった。それでね、あのね……」

ゴエモン二世のことを言いかけて、あわてて口を閉じた。お母さんは犬より猫のほうが嫌い――マキに言われたことを思いだしたのだ。

ゴエモン二世にあげるごはんもお母さんにお願いして分けてもらうつもりだったが、やめたほうがいいかもしれない。

代わりに、鶴田さんの話をした。話の中では、「鶴田さん」ではなく「ツルちゃん」と呼んだ。そのほうがお母さんも喜んでくれそうな気がしたし、実際、お母さんは「すごいねー、もう友だちができたんだね、すごいすごい」とうれしそうに拍手してくれた。

「まだ、友だちかどうかわかんないけど」

「ううん、もう友だち友だち、これからもっともっと仲良く付き合っていったら親友になれるんじゃない？」

お母さんは元気な性格だ。小柄な割には太っていて、いつもばたばたと動き回って、そこがまた、いかにもエネルギーたっぷりという感じだった。前のお母さんが病気がちだったから、よけいそう思う。

「フミちゃんって、かわいらしいもん。友だちも話しかけやすいのよ」

そうかなあ、と照れて首をかしげ、ふと、おねえちゃんはどうなんだろう、と思った。おとといの夜も、ゆうべも、新しい学校の友だちの話は出てこなかった。

「じゃあ、今度、ツルちゃんをウチによんであげれば？　おいしいオヤツ、たくさんつくってあげるから」

思わず「ありがとうございます」と言って、ヤバっ、と背中を縮めた。失敗した。「ございます」は要らない。「ありがとう」も、ほんとうは「うわっ、やったーっ」ぐらいでよかった。

お母さんも「お礼なんて言わなくていいのよ」と笑った。その笑顔がちょっと寂しそうに見えて、フミはあわてて、早口に言った。

「でね、あのね、約束したから、いまからツルちゃんと遊んでくる……」

お小遣いをもらえば、コンビニでゴエモン二世のごはんを買って行ける。

でも、それを言い出せないまま、二階の自分の部屋にランドセルを置いてきた。七月に前のお母さんの三回忌の法要をしたとき、おじいちゃんとおばあちゃんからお小遣いをもらった。その残りをつかうことにした。

もう一度キッチンを覗（のぞ）いて「じゃあ、行ってくるね」と声をかけ、そのまま玄関に向かおうとしたら、お母さんに呼び止められた。

「フミちゃん、髪のはねてるところ、直してあげる」

鶴田さんとの約束の時間は迫っていたが、いいよ、そんなの、とは言えなかった。

「直るの？」

「うん、ムースをつけてブラッシングすれば、かんたんだから」

フミが二階にいるうちからそうするつもりだったのだろう、お母さんはムースの缶とブラシをもう手に持っていた。フミの後ろに来ると、手早くムースを髪につけ、ブラシをかけていく。

「すごい癖っ毛だから……」

照れくささと恥ずかしさと申し訳なさが微妙に入り交じって、フミは言い訳するように言った。

「でも、かわいらしいわよ」

お母さんはそう言って、「ここだけなのね、はねちゃうのは」と髪にムースを少し足した。

「そう……なんか、アンテナがぴーんって立ってるみたいでしょ？」

前の学校で、ときどきからかわれていた。でも、お母さんは「うまいこと言うねー」と素直に感心して、「こういう髪のこと、なんて言うか知ってる？」と訊いてきた。

「名前ついてるの？」

「そう。『かわいげ』っていう毛なの。よく、この子はかわいげがあるとかないとかって言うじゃない」

「うん……」

「こんなふうに癖っ毛ではねちゃってるんだけど、見てるだけで気分がよくなって楽しくなってくる髪の毛のことを、『かわいげ』っていうの。それで、そういう『かわいげ』の生えてる子が、かわいげがある、ってわけ」

ということは、「かわいげ」の「げ」は、漢字で「毛」になる——？

「かわい毛」——？

やだぁ、とフミは笑った。さすがに、こんな冗談にひっかかるほど子どもではない。

お母さんも「ちいーっ、ばれたかあ」とアニメの悪役みたいな声をつくって、フミの肩をポンと叩(たた)いた。「はい、できあがり。もうはねてないから」

フミはマキのシオカラトンボの嘘を思いだして、やっぱりほんとうの親子だから似てるなあ、と苦笑した。でも、嘘のつき方は全然違うけど、と苦笑いに加えてため息もついた。おねえちゃんの髪には「かわいげ」は一本もないのかもしれない。ポニーテール、よく似合ってるんだけど。

髪をさわってみた。ムースで濡れた髪は、すうっとまっすぐ伸びて、指でつまむと艶やかな感触が伝わった。

3

コンビニでソーセージと牛乳を買って、二丁目の空き地に急いだ。

自転車があればもっと早いのだが、いままで乗っていた自転車は引っ越しのときに処分してしまった。お父さんは「今度新しいのを買うから」と言ったきり、まだその約束は果たしてもらっていない。

自転車にかぎらず、お父さんは引っ越しのときにほとんどの家財道具を処分した。新居に着くと、新しい家具や家電製品がすでに運び込まれていた。フミの机もそうだ。入学のときに買ってもらった学習机がお気に入りだったのに、お父さんは「中学生や高校生になっても使えるやつのほうがいいんだ」と勝手に決めて、業者に引き取ってもらったのだ。

新しい家の新しい自分の部屋には、新しい机があった。よけいな飾りはなにもついていない、おとなっぽい机だった。マキの部屋にも同じ机がある。本棚やベッドも、きょうだいで同じものが最初からそろえられていた。

自転車も、いずれそうなるのだろう。きょうだいでおそろいの自転車が、カーポートの隅に並ぶことになるのだろう。マキもいままで乗っていた自転車を処分されていた。最近しょっちゅう「早く新しいの買ってよ」「お金だけくれたら自分で買ってくるから」とお母さんに言っている。

とにかく、早足で歩いたりダッシュで走ったりしながら、急いで空き地に向かった。

鶴田さんは先に着いて、通りから空き地の茂みを覗き込んでいた。フミに気づくと、こっちこっち、と手招いて、口の前で人差し指を立てる。

い、る、よ。声を出さずに口を大きく動かす鶴田さんに合わせて、フミも同じように、い、た、で、しょ、と応えた。

ゴエモン二世は、やはり捨て猫だった。通りから見える場所に小さな段ボール箱がある。中に古いバスタオルが敷いてあったので、その箱に入れて捨てられたのだろう。

「ひどいよね、信じられない。ウチの近所にそんなひと絶対にいないから、よそから車で来て捨てて行ったんだよ」

「やっぱりゆうべだったのかなあ」

「そうだと思うよ。まだ箱も傷(いた)んでないし」

鶴田さんとフミは空き地の前に並んでしゃがんだ。段ボール箱は空っぽだった。ゴエモン二世は茂みの奥にいる。さっきはだいぶ手前のほうにいたのだが、鶴田さんが見つけると、すぐに奥に逃げ込んでしまったのだという。

「でも、この中にいるのは間違いないよ。わたし、ずっと見てたけど、まだ逃げてないもん」

空き地は隣の家との境のブロック塀で囲まれている。ゴエモン二世はまだ塀の上には姿を見せていないから、いまも茂みの中でじっと身をひそめているはずだ。

「どうする？」

フミが訊くと、鶴田さんは「どうしようか……」と迷い顔になった。

このまま待っていても、ゴエモン二世が茂みから出てくるという保証はなにもない。

鶴田さんは少し考えてから、ふんぎりをつけるように「とりあえず、ごはんだけ箱の中に入れといてあげようか」と言った。「猫ちゃんも、あとでゆっくり食べればいいいんだから」

「わたしたちは？」

「帰るしかないんじゃない？　だって、ウチらがいたら、猫ちゃんも出てこないでしょ、ずーっと。そんなのかわいそうじゃん」

「だよね……」

がっかりした。ゴエモン二世だけでなく、鶴田さんとも、もうちょっと一緒に遊びたい。せっかくここまで来たのだし、せっかく友だちになったのだから。

カサッ、と茂みの葉っぱが擦れる音がした。

立ち上がりかけていた鶴田さんが、またあわててしゃがんだ。

「いたよ、いた、猫ちゃん、こっち見てた」

「ほんと？」

フミも胸をはずませて、茂みの奥を覗き込んだ。

今朝の子猫がいた。目が合っても逃げない。やっぱりゴエモン二世だ。フミはうなずいた。絶対そうだ、だから気持ちがちゃんと伝わったんだ。

「猫ちゃん、逃げないね。ウチらのこと、敵じゃないってわかったのかなあ」

「猫って頭いいから、そういうのってすぐにわかるんだよ」

応える声にも自信がにじんだ。

「石川さんって、猫のこと、くわしいの？」

「まあ、いちおう。ずっと飼ってたし」

「そうだったんだぁ、すごーい、わたし、猫のこと全然わかんないもん」

照れくさくても、ほめられるのはうれしい。

「じゃあ、これからどうすればいいの？　ごはん、どこに置けばいい？」

ほんとうはフミにもよくわからなかったが、期待には応えたい。

テレビで観(み)たことのある白鳥の餌付(えづ)けの光景を思いだして、「放ってあげればいいんだよ」と言った。「小さくちぎって、投げてあげるの」

ほら、こんな感じで、とソーセージをちぎって、自分たちとゴエモン二世との真ん中あたりに放った。

ゴエモン二世は動かない。でも、逃げないだけでもいい。それに、なんとなく、飛んできた食べ物に興味を惹かれたようにも見える。

「わたし、ウチから煮干し持ってきたんだけど、これも投げればいいの？」

鶴田さんが訊いた。「うん、いい、いい。煮干しって猫はみんな好きだから」とフミが応えると、うれしそうに「よかったー」と笑って放る。

「あと、チョコもあるけど。猫ちゃんって、チョコ食べるんだっけ」

「小さく割ってあげればいいよ」

指でOKマークをつくって、いまならだいじょうぶかな、と半分ドキドキしながらつづけた。

「ツルちゃんも、絶対に猫が好きになるよ」

鶴田さん――ツルちゃんは、うんっ、とはずむようにうなずいて、煮干しとチョコレートを交互に何度か放った。

ゴエモン二世は少しずつ警戒を解いて、最初にフミが放ったソーセージに近寄った。しばらくにおいを嗅(か)いでから、かじった。食べたあとも茂みの奥へは戻らず、次の食べ物を探して、あたりを嗅ぎ回る。

フミはソーセージをまたちぎって、今度はさらに手前側に放った。

ゴエモン二世は今度は最初から食べ物だとわかっていて、迷わずそっちに向かう。

ほとんど思いつきだけのアイデアだったが、予想以上にうまくいった。この調子ならあっさりとなついてくれるかもしれない。

ツルちゃんのウチで飼ってくれれば、いちばんいい。案外、それ、できるかも、と話を切り出そうとした、そのとき――。

「なにやってんの、あんたたち」

背中から声が聞こえた。年上の女子の声だった。

ひやっとして振り向くと、学校帰りのマキが、怖い顔をしてフミをにらんでいた。

「今朝の猫にエサあげてたわけ？」

「……うん」

「そっちの子も？」

顎（あご）をしゃくってツルちゃんを見るまなざしも、おっかなくて、冷たい。初対面の六年生ににらまれたツルちゃんは、身をこわばらせて立ち上がった。

あのね、あのね、とフミはあわてて事情を説明した。言い出しっぺは自分なんだと、ツルちゃんをかばった。

だが、マキは「どっちが誘ったかなんて、どうでもいいよ」と切り捨てて、「投げたエサ、この子と一緒に、ぜんぶ拾って」とフミに言った。

「ぜんぶ？」

「あたりまえじゃない、ぜんぶじゃないと意味ないでしょ」

「……どこに投げたかなんて、覚えてない」

「覚えてなかったら探せばいいじゃない」

それだけではすまなかった。マキはツルちゃんがチョコレートの箱を持っていることに気づくと、先生がいたずらを叱るときよりもずっと怖い顔をして、「チョコもあげちゃったの？」と訊いた。

ツルちゃんはすっかりおびえてしまって、消え入りそうな声で「小さく割ったから……」と言い訳しかけたが、マキは「そんな問題じゃないの」と冷たくさえぎり、フミとツルちゃんを代わる代わるにらんで、言った。

「死んじゃうよ、猫」

「……なんで？」

「チョコを食べると、猫は具合悪くなって、そのまま死んじゃうこともあるんだよ」

フミは黙り込んだ。しばらく待っても、「嘘だよ」の一言はなかった。

ツルちゃんがこっちを見ているのもわかる。それどういうこと、チョコって毒なの？　という驚いたまなざしだった。

「ほら、早く拾って。わたし、ここにいて、誰かおとなのひとに文句言われそうになったら、説明してあげるから」

うながされて、しかたなく空き地に入った。その背中に、「チョコは絶対にぜんぶ拾いなさいよ」と念を押された。

ゴエモン二世はいつのまにか姿を消していた。結局、最初のソーセージを少しかじっただけだった。あーあ……とため息をついて、つい無意識のうちに髪を指でつまんだ。お母さんが直してくれた癖っ毛のところは、もう、クルッとはねていた。

一緒に空き地に入ったツルちゃんのそばに寄って、「ごめんね、鶴田さん」と声をかけた。「ツルちゃん」とはもう呼べなくなってしまった。鶴田さんは「知らなかったんだから、しょうがないよ」と言ってくれた。よかった。やっぱり優しい。だからよけいに、せっかく最初に友だちになれた鶴田さんにあんな冷たい言い方をしたマキが恨めしい。

「ねえ、石川さん。あのひと、何年生？」

「六年生」

「あんなひとって、前からいたっけ。ランドセルもみんなのと違うよね」

フミが黙ってうつむくと、鶴田さんは「っていっても、石川さんにわかるわけないか」と笑って、「でも……」とつづけた。

「石川さん、あのひとと知り合いなの？　さっきの話し方、そんな感じしたけど」

「……おねえちゃん」

「きょうだいなの？　うそ、なんか、全然似てないっていうか、赤の他人っぽいじゃん」

だって、もともと赤の他人なんだもん——とは言えなかった。

「わたしはお父さん似で、おねえちゃんはお母さん似だから」

思わず浮かべた微笑みは、いまにも泣きだしそうな寂しいものになった。

ほんとうは、フミの顔立ちは亡くなったお母さんそっくりだった。

でも、「わたしもお母さん似で、おねえちゃんもお母さん似なんだけど、わたしたちの顔は全然似てないの」というのをうまく説明できる自信がなかった。

お母さん、ごめんなさい。

嘘をついたことを前のお母さんに心の中で謝って、前のお母さんに謝ったことを、いまのお母さんにも、まだ前のお母さんのこと考えててごめんなさい、と謝った。

急に悲しさがこみあげてきた。涙をこらえきれずに、その場にしゃがみこんだ。

雑草の中にもぐって、両手で顔を覆（おお）って泣いた。「ちょっと、まだ？　なにしてんの？」と通りからマキがいらだたしげに言ったが、応（こた）える気も泣きやむ気もなかった。鶴田さんがあわてて空き地から出て、マキになにか話しているのがわかっても、振り向かなかった。

鶴田さんが戻ってきた。

「おねえさんに、先に帰ってなさいって言われたから……帰るね」

申し訳なさそうに「ごめんね」と言う。そんなことない、全然そんなことない、とフミは泣きながら首を横に振った。

悪いのはこっちだ。せっかく友だちになった初日に泣いているところを見られるなんて、サイテーだった。マキと自分がきょうだいだというのを知られたのもサイテーだし、そもそも鶴田さんには、なぜ急に泣きだしたのか、さっぱりワケがわからないだろう。

「あのさ……チョコ、食べる？　ウチに持って帰ってもアレだし、猫ちゃんにあげられないんだったら、人間が食べなきゃもったいないし……」

鶴田さんは自分で言っておきながら、「でも違うか、それ」と苦笑して首をかしげ、いまのマキの様子を教えてくれた。

段ボール箱を手に取ったマキは、置き手紙が入っていないか確かめ、バスタオルを鼻にあてて、オシッコのにおいもチェックしているのだという。

「すごく慣れてる感じだったから、猫にくわしいんだね」

くわしいかもしれないけど、好きじゃないんだよ、と言い返したい。犬よりは猫のほうが嫌いじゃない、というだけ――ほんとうに好きだったら、ごはんをあげているのを見て怒るはずがない。

鶴田さんも泣きやまないフミにこれ以上付き合うのをあきらめて、「じゃあ、わたし、先に帰ってるね」と言った。

せめてバイバイぐらいは言わなきゃ、と顔をなんとか上げた。

そのタイミングを待っていたように、すぐそばで、みゃあ、と子猫の鳴く声がした。

ゴエモン二世がいた。茂みの陰に身をひそめながら、じっとこっちを見つめていた。目が合っても逃げない。それどころか、一歩ずつ、フミに近づいてくる。

拾ったソーセージを手のひらに載せて差し出してみた。もうこの食べ物は心配要らないとわかっているからなのか、ゴエモン二世はほとんどためらうことなく手のひらに顔を寄せ、ソーセージを食べた。

さらに、ゴエモン二世のほんとうのお目当ては食べ物ではなかった。ひとかけのソーセージをたいらげたあとも、茂みの奥へは戻らず、おかわりをせがみもせず、フミにもっと近づいて、足元を通り過ぎるとき、しっぽを軽くこすりつけてきた。

覚えている。ゴエモンもそうだった。甘えたいときのサインだ。

いったんフミの後ろにまわったゴエモン二世は、また前に来て、座って、フミを見つめて、みゃあ、と鳴いた。

ダメでもともとのつもりで、両手を伸ばしてみた。怖がらせてはいけない。頭上に覆いかぶさらないように気をつけた甲斐あって、ゴエモン二世は逃げなかった。背中にそっと触れた。逃げない。胸のほうからすくいあげるように、腋の下に手を差し入れた。だいじょうぶ、逃げない。

抱き上げた。ゴエモン二世は体をぶらんとさせて、こんちは、というように、みゃっ、と短く鳴いた。

嘘みたいな、というより、夢みたいな話だった。

いくら子猫とはいっても、猫はもうちょっと警戒心が強い生き物のはずだ。前の学校の友だちに猫を飼っている子が何人かいて、ウチに遊びに行ったときに猫に会わせてもらったこともあるが、そのときは背中を軽く撫(な)でるのがせいぜいだった。どんなになつっこい猫でも初対面で抱っこまではできないし、強引に抱き取っても、すぐに嫌がって逃げだしてしまう。臆病(おくびょう)な猫になると、ソファーの下にもぐりこんだきり何時間たっても出てこないことだって、あたりまえだった。

でも、ゴエモン二世はフミにおとなしく抱かれている。やっと自分の居場所にたどり着けた、というふうに安らいでいるようにも見える。抱っこしたまま歩いてみてもだいじょうぶ。

鶴田さんは「すごーい！」と尊敬のまなざしでフミを見ている。べつにフミが特別な技をつかったというわけではなく、むしろゴエモン二世のほうが特別なのだが、そのおかげで「ツルちゃんも抱っこできるんじゃないかなあ、この猫だったら」と――また、呼び名を「ツルちゃん」に戻すことができた。

「なついてるね、ほんと」

ツルちゃんはフミの腕の中のゴエモン二世を覗き込んで、おっかなびっくりの様子でしっぽの先をそっと指でつついた。ふつうは、猫はしっぽをさわられるのが大嫌いだ。でも、ゴエモン二世は嫌がる様子もなく、逆に、先っちょの曲がり具合を自慢するみたいに、ぱたぱたとしっぽを振る。

「前の飼い主にかわいがられてたのかもね」

フミは言った。そう考えれば、この常識はずれのひとなつっこさにも少しは納得がいく。

「でも、かわいがられてても、最後は捨てられちゃったわけだよね」

「うん……」

「なんか、すごいかわいそうな気がする」

「だね……」

ツルちゃんの言うとおりだった。生まれてすぐに捨てられた猫と、飼い主にかわいがられたあとで捨てられた猫と、どちらが不幸せなのだろう。

マキが通りから空き地に入ってきた。待ちくたびれて、というのではなく、もっと怒った顔で、乱暴に茂みをかき分けて、こっちに向かってくる。

「どうするの」

さっきよりさらに怖い顔でフミをにらんで言った。ケンカをするような キツい声に、ツルちゃんまで、びくっと肩をすぼめた。

「……どうする、って？」

「責任取れるの？　フミ」

「……責任、って？」

「抱っこしちゃったでしょ、この猫」

「……したけど」

「野良猫は抱っこしたらダメなんだよ。エサも手からあげたらダメなの。ほんとにかわいそうだと思って、エサをあげるんだったら、黙ってエサを置いて、あとはほっとけばいいの。かまっちゃダメなんだってば」

「猫の病気がうつっちゃうからですか？」とツルちゃんが訊くと、マキは「そんなの関係ない」とそっけなく言った。「好きで抱っこして、病気がうつるのを心配するのって、身勝手すぎない？」

もうちょっと優しく言ってあげてよ、とフミははらはらして二人を見た。心配したとおり、ツルちゃんは顔を赤くして、泣きだしそうになっている。

「わたしが言ってるのは、猫のこと。抱っことか、エサを手からあげるとか、あんたたちはそれで楽しいかもしれないけど、猫にとっては迷惑なの」

「だって……無理やり抱っこしたわけじゃないよ、わたし」

フミが口をとがらせて言い返しても、マキはひるむどころか、「だ

「猫が好きなんだったら、それくらいのこと考えなさいよ、バカ！」

声が胸に突き刺さった。

止まっていた涙が、また目ににじんできた。

ゴエモン二世もただならぬ気配を察したのか、ぴょん、とフミの腕から飛び降りて、そのまま茂みの奥に姿を消してしまった。

その茂みに向かって、マキは石まで投げた。

「やめてよ！」

フミが叫んでも、マキはかまわず二つ目の石を足元から拾って投げた。ランドセルを背負ったままなのでいかにも窮屈そうな投げ方になり、本気で狙(ねら)っている様子でもなかったが、これでもう、ゴエモン二世は茂みから出てこなくなるかもしれない。

「フミちゃん、帰ろう！」

ツルちゃんに手を引っぱられた。「石川さん」が「フミちゃん」になった。でも、それに困惑したり喜んだりする余裕はない。

ツルちゃんは「こんなところでワケのわかんないお説教されてもしょうがないじゃん、帰ろうよ！」とフミの手をグイグイ引っぱって、空き地から出て行った。

マキは呼び止めなかった。帰るんならどうぞご自由に、と二人を振り向きもせず、また石を投げた。

空き地の先の角を曲がると、ツルちゃんはやっと一息ついて手を離してくれた。

フミもやっと、ここで怒って帰っても、どうせおねえちゃんとはウチでまた会うんだけど、というあたりまえの理屈を口にすることができた。

ツルちゃんは「あ、そっか……」と肩を落とした。「ごめん、キレてたから、そういうこと考えなかった」

冷静そうに見えて、意外と抜けている。「あんなふうに帰っちゃったら、あとでヤバそう？　おねえさん、もっと怒りそう？」と心配そうに訊いてくるあたり、感情が爆発するとまわりが見えなくなってしまうタイプかもしれない。

「だいじょうぶだよ、全然平気。ありがとう」

フミは笑って言った。かばってくれたのもうれしかったし、なにより、「フミちゃん」がうれしい。あまりにもうれしすぎて、さっきはなんとか目ににじむ程度でこらえていた涙が、いっぺんにあふれ出てしまった。

うれしさは、悲しさを消してしまうだけではない。倍にしてしまうことだってある。前のお母さんが亡くなって二年ちょっと――いつも一人で留守番をしていた頃よりも、家族が増えてにぎやかになったいまのほうが、逆に、前のお母さんを思いだすことが増えた。それと似ているのかもしれない。

4

家のすぐ近所までツルちゃんに送ってもらった。

涙の痕が頰に残っていないかどうかは、ツルちゃんが確認してくれた。だいじょうぶ。目の赤さもよっぽど注意深く見ないと気づかないほどらしい。

安心して家に帰ったのに、キッチンで「今夜の晩ごはん、なに？」と訊いただけで、あっけなくお母さんに「どうしたの？　泣いちゃったの？」と言われてしまった。

かくれんぼで見つかったときのような気持ちになった。ちょっと悔しくて、ちょっとほっとする。だから、ぷくっ、と頰をふくらませて、

「ひどいんだよ」と言った。「意地悪な六年生に会ったの」
マキのことを「知らない六年生の女子」に置き換え、ゴエモン二世のことも「子猫」とだけ呼んで、あとはそのまま、あったことを伝えた。話しているうちにまた泣いてしまうだろうかと思っていたが、そんなことはなかった。逆に、怒りのほうが増してきた。

いまのお母さんの前では一度も泣いたことがない。べつに無理して我慢しているわけではなくても、不思議と涙が出るほどの悲しさが湧(わ)かない。そこが、前のお母さんといまのお母さんとのいちばん大きな違いだった。

話を最後まで聞いてくれたお母さんは、「なるほどね」と相槌(あいづち)を打って、なるほど、うん、なるほどね、と余韻を噛(か)みしめるように繰り返した。

お母さんは味方だ、と期待して「その子の言ってること、ワケわかんないでしょ？」と大げさに顔をしかめてみた。「ひどいよねー……」

でも、お母さんは、ちょっと困ったように笑って、首を横に振った。

「言い方は確かによくないけど、言ってることは、合ってるかもね」

「なんで？」

「まあ、野良猫をどこまで世話するかっていうのは、いろんな考え方があるんだろうけど、その六年生の子が言ってたことは、お母さんの考えと似てるみたい」

「……なんで？」

今度の「なんで？」は、不満たっぷりになってしまった。

お母さんはフミの髪を軽く撫でて、「責任取れるの、って訊いたんだよね、その六年生の子」と言った。

「そう……」

「その責任って、自分が最後まで面倒を見られないものには、中途半端なことをしちゃダメだっていうことなのよ」

もしもゴエモン二世が、明日からもごはんがもらえるんだ、と思い込んだら――。

明日の夕方、フミとツルちゃんが来るのを楽しみに待っていたら――。

「わたし、明日も行くよ」

「わかってる。でも、毎日ずっと、一日も休まずに、できる？」

言葉に詰まった。

お母さんは「難しいよね」と笑って、「抱っこもそうよ」とつづけた。

もしもゴエモン二世が、人間はみーんな優しいんだ、と思い込んだら——。

明日の夕方、誰か怖いひとに、おいでおいで、と手招かれたら——。

「野良猫は、ふつうはすごく用心深いでしょ。そうしないと身を守れないのよ」

「うん……」

「でも、抱っこで楽しい思い出ができちゃうと、人間に対して警戒しなくなるでしょ」

「じゃあ、楽しい思い出、つくっちゃいけないわけ？」

また不満たっぷりの言い方になった。

すると、お母さんはフミの髪にまた手をやって、癖っ毛の場所を確かめるように指をすべらせながら、言った。

「その楽しさって、猫にとって楽しいのかな。それとも、人間にとって楽しいのかな」

胸がドキンとして、思わずうつむいてしまった。逃げるように「でも……」と返しても、つづけてなにをどう言えばいいのかわからない。

お母さんは自分から話を先につづけた。

「甘えて寄ってくる猫を抱っこしてあげるのも優しさだけど、わざと追い払って、人間の怖さを教えてあげるのも優しさなの。だから、六年生の子は、めちゃくちゃな文句だけ言ったわけじゃないと思うわよ、お母さん」

「……じゃあ、どっちが正しいの？」

お母さんは「どっちも」と答え、はねた癖っ毛を軽く伸ばしてくれた。

「そんなのって……」

「正しいことって、一つきりじゃないのよ。世の中って、ほんと」

だから面倒くさいよねー、とお母さんはおとな同士で愚痴をこぼし合うように笑った。

でも、フミは笑い返さない。最後の最後ではぐらかされたような気がして、黙って口をとがらせた。お母さんもそれ以上はなにも言わずに、フミのそばから離れた。

「お母さん」

「なーに？」

「一つだけ訊いていい？」

「二つでも三つでも、いくつでもOKだけど」

「お母さんって、猫より犬のほうが好きだって、ほんと？」

考える間もなく、お母さんは「逆、逆、反対」と首を何度も横に振りながら言った。

「そうなの？」

「そうよ。誰が言ってたの？　お父さん？」

「……おねえちゃん」

一瞬きょとんとしたお母さんは、さっきと同じように、なるほど、うん、なるほどね、と小さく繰り返しながら、フミをじっと見つめた。

「さっきフミちゃんたちに文句を言ってきた子って、六年生の女子だったのよね?」

「……うん」

ふうん、とお母さんはうなずいた。

ばれたのかもしれない。お母さんは勘が鋭く、頭の回転も速い。テレビのクイズ番組を観(み)ているときは連戦連勝だし、お父さんよりずっとたくさんミステリー小説を読んでいる。

とりあえず、前のお母さんの部屋に行こう、逃げよう、遊びに出かけたあとに「ただいま」を言うのはあたりまえなんだから……。

目をそらして、クルッと背中を向けるタイミングをはかっていたら、電話が鳴った。

助かった。電話に応(こた)えながらキッチンに入ったお母さんをよそに、フミは和室に向かった。和室で前のお母さんの写真と向き合っているときには、いまのお母さんは絶対に入ってこないし、声もかけてこない。

襖(ふすま)を開けながら、逃げ場所には最高だよね、と思いかけて、そんなのじゃないんだけど、といまのお母さんに申し訳なくなって、中途半端に襖を開けたまま たたずんでいたら、お母さんの「それ、どういうことですか！」という声が聞こえ、びっくりしているうちにお母さんがキッチンからリビングに顔を出した。

「フミちゃん、猫がいたっていう空き地って、どこだっけ？」

「……どうしたの？」

「案内してくれる？」

興奮を必死にしずめるように肩を上下させて言って、「ちょっと、おねえちゃんがピンチなの」と無理に笑った。


マキは空き地の前の通りで、おばさん三人に取り囲まれていた。三人は空き地の両隣とお向かいに住むひとたちだった。

空き地で野良猫（のらねこ）に向かって石を何度も投げていたんだ、とおばさんの一人が言った。出て行け、出て行け、と猫をいじめていたんだ、と別のおばさんが言った。これって動物虐待（ぎゃくたい）でしょ、と三人目のおばさんが言って、最初のおばさんがまくしたてるように話を締めくくった。

「猫ちゃんが捨てられてて、かわいそうだから、ごはんあげようと思って外に出たら、石を投げてる子がいるじゃない。もう、びっくりしちゃって、注意したら……」

逆にマキは「野良猫にごはんやるのって、やめてください」と言い返した。それだけでもおばさんはアタマに来ていたのに、知らん顔をしてマキが投げた石が、手元がくるっておばさんの家に飛び込んで、ガラスを割ってしまったのだ。

おばさんはカンカンに怒って、ご近所まで巻き込んだ大騒ぎになった。

お母さんはひたすら謝った。とにかくガラスを割ったことはこっちが悪い。

でも、「警察に電話してもよかったんですけどね」と恩着せがましく言う三人は、ガラスのことより猫を虐待していたのがゆるせないんだ、と何度もしつこく蒸し返した。ふてくされたままのマキの態度がよほど腹に据えかねていたのだろう。

でも、石を茂みに投げたのは虐待ではない。フミにはもうわかっていた。ゴエモン二世のために、マキはわざと、本気でぶつけずに石を投げていた。絶対に。信じる。

それがおばさんたちには通じない。かわいい猫に石を投げるなんて信じられない、親のしつけが悪いんだ、心を病んでいるんじゃないか、とまで言って、さんざん罵(ののし)りつづける。マキもちゃんと言い返せばいいのに、黙ってそっぽを向いたまま、まるで説明しないのがルールなんだと決めているかのように、口をきゅっと結んでいる。

それが悔しくて、悲しくて、フミは泣きだしてしまった。お母さんがびっくりするのを見ると涙がどんどんあふれ、マキがあいかわらず知らん顔をしているのを見ると、大きな泣き声まであげてしまった。

今日はほんとうに泣きどおしの一日になった。でも、いままでは自分が悲しかったから流す涙だった。マキのために流す涙は初めてだった。

おばさんたちは、あんたが泣いても関係ないわよ、という顔をしていたが、お母さんはフミの顔をおなかに抱き寄せて、初めて、自分からおばさんたちに訊いた。

「ほんとうに、石を投げながら、『出て行け』って言ってましたか？」

「……言ってたわよ、そんなふうに。ちゃんと聞いたんだから」

「『出て行って』じゃありませんでした？　猫にお願いしながら、石を投げてませんでしたか？」

　フミはお母さんのおなかから顔を離して、見上げた。口調は質問でも、お母さんの表情には、絶対にそうだ、という確信が宿っていた。おばさんたちもその確信に気おされたように、急に口ごもってしまった。

　お母さんはマキに目をやった。

「この子、猫が大好きなんです」

　静かに言って、「大好きな猫と、この夏にお別れしたばかりなんです」とつづけた。

いつもごはんをあげていた近所の野良猫がいた。家の中に入ってくるぐらい、猫のほうもなついていた。でも、夏に引っ越しをして――フミやフミのお父さんと一緒に暮らすようになったから、お別れしなければいけなくなった。

「ウチの庭に来ても、もうごはんはないよ、今度からは自分で探さなきゃいけないんだよ、って……引っ越しの少し前から、わざと、もうウチに来ないように、猫に水鉄砲の水をかけたり、猫の嫌がるにおいのスプレーをしたりして……」

フミは涙で濡(ぬ)れた目でマキを見た。でも、マキはそっぽを向いたまま、どんなにしても目を合わせてくれない。代わりに、ランドセルの星のシールが、夕陽を浴びて光っていた。

「だからって、石を投げることはないでしょ」

ガラスを割られたおばさんは、ひるみながらも言い返した。「だいいちねえ、注意されて言い返すなんて、なに？　ほんと、かわいげがないっていうか」――ねえ、と三人でうなずき合ったところに、お母さんの声がぴしゃりと響いた。

「マキはいい子です！」

迷いもためらいもなく、言い切った。

あまりの勢いに一瞬ぽかんとして黙り込んだおばさん三人は、すぐに我に返ると文句を言い返そうとした。

でも、その前に、空き地の茂みを見ていたフミが、つぶやくように言った。

「あ……出てきた」

指差した先に、ゴエモン二世がいた。茂みから、とことこと姿をあらわした。いったん立ち止まり、きょとんとしたあどけない顔でみんなを見て、みゃあ、と小さく鳴いて、また歩きだして――マキの足元に近づいて、しっぽをすりつけた。

マキはお母さんに目でうながされ、おずおずとかがんで、でもフミに負けないぐらい慣れた手つきで、ゴエモン二世を抱き上げた。

「おねえちゃんと一緒に帰りたかったんだよ！　だから、この子、空き地から出て行かなかったんだよ！」

フミは胸を張って、おばさんたちに言った。「おねえちゃん」のべスト記録が大幅に更新された。

おばさんたちがひきあげたあとも、フミたちは空き地の前に残っていた。

お母さんはフミと目が合うと照れくさそうに笑って、「またはねてるね」と癖っ毛のところを指差した。

フミも照れ笑いを浮かべて癖っ毛をつまみ、「かわい毛」と小声で応えたが、お母さんは自分で言った冗談をもう忘れてしまったのか、「うん?」と要領を得ない顔で頬をゆるめただけだった。

マキはまだゴエモン二世を抱っこしている。背中を向けているので表情はわからない。ただ、赤ちゃんをあやすように体を軽く揺すっているのだろう、ランドセルの星のマークが、ときどき夕陽を浴びてまばゆく光る。

「帰ろうか」

お母さんはマキに声をかけて、ゴエモン二世が入っていた段ボール箱を拾い上げ、小脇(こわき)に抱えた。

「連れて帰るの？」

フミが訊くと、「言ったでしょ、お母さんもおねえちゃんも、犬より猫なんだから」と含み笑いの顔になって、「お母さんにも抱っこさせてよ」とマキに言った。

「あとで」

マキは背中を向けたままそっけなく応え、ゴエモン二世をさらに強く、深く、ぎゅっと抱っこして、体を左右によじった。

ランドセルの星がキラキラ光る。ポニーテールが揺れる。

おねえちゃんのかわいい毛は、あのポニーテールの中に隠れてるのかもしれない。フミはふと思い、わかりづらいよお、と笑った。

「あ、そうだ、フミ」

マキはやっと振り向いて、「言うの忘れてたんだけど」と言った。

「なに？」

「あのさ、今朝のシオカラトンボの話、なんでシオカラなのかって……なんかね、オスはおとなになると、おなかが塩をまぶしたみたいに白くなるんだって。だから、イカの塩辛なんかと同じ意味で、シオカラなの」

今度はほんとうだろうか、どうだろうか、と黙っていたら、マキは「信じないんだったら、べつにいいけど」とまたそっぽを向いて、「まあ、いちおう、昼休みに図書室で調べたら、そうなってたから」と付け足しのように面倒くさそうに言った。

フミは上目づかいにマキの横顔を見て、「ありがとう」と言った。

マキの返事はなかったが、代わりにゴエモン二世が、みゃあ、と鳴いた。

どういたしまして——？　きょとんとするフミをよそに、ゴエモン二世は、カギのように先が曲がったしっぽをぴょんと立たせて、左右に振るだけだった。

第二章

1

背中に回ったツルちゃんが、髪を後ろから軽くひっぱった。

「どう？」フミは前を向いたまま心配そうに訊く。「できそう？」

「うん……」

ツルちゃんは自信なさげに答え、ひとつかみぶん束ねた髪をゴムで留めようとした。なかなかうまくいかない。髪をひっぱる力が少しずつ強くなって、しまいにはフミの頭ごと後ろに倒れてしまった。痛い。フミは顔をしかめながらこらえた。歯医者の診療台に座っているような気分だった。

「もうちょっと、もうちょっとだから……」

ツルちゃんもがんばってくれた。でも、最後はしくじって、パチン、とゴムが鳴った。

「痛っ」とツルちゃんは声をあげて、つかんでいた髪を放す。ふりだしに戻った。今日もやっぱりだめだった。

髪が短すぎる。おかっぱの髪では、うまくポニーテールがつくれない。家でお母さんに髪を結んでもらうときもそうだ。お母さんはツルちゃんより器用なので、束ねた髪をくるっとゴムで留めることはできる。でも、ポニーテールにはならない。どちらかというと、ちょんまげのほうが近い。お母さんは仕上がったちょんまげポニーテールを鏡でフミに見せて、「ほら」と笑って言うのだ。「フミちゃんはいまの髪形のほうがずうっとかわいいわよ」

ツルちゃんの意見も同じだった。

「無理してポニーテールにすることないじゃん」

ゴムがあたって赤くなった指に息を吹きかけながら言う。「おかっぱ、よく似合ってるし」

「うん……」

「おかっぱ嫌いなの？」

「そういうわけじゃないけど」

「名前がカッコ悪いんだったら、ボブって言えばいいんだよ。ショートボブ」

ツルちゃんは四年一組の同級生の中でいちばん物知りだ。勉強にかんすることも、そうでないことも、いろいろな言葉をたくさん知っている。

「まま母」という言葉はツルちゃんから教わった。「連れ子」という言葉もそうだ。

「まあ、どっちにしても、もっと髪が伸びなきゃだめだよ」

ツルちゃんは髪留めのゴムをフミに返して、「あと半年……一年ぐらいかかるかな」と言った。同じことはお母さんにも言われた。きれいなポニーテールをつくるには、髪が肩まで伸びていないと長さが足りない。

「でも、髪はほっといても伸びるんだから」

笑いながら言うツルちゃんに、フミも、そうだね、と笑い返した。しょんぼりとした笑顔になった。自分でも気づかないうちに、おかっぱの髪の先を指でつまんで伸ばしていた。

固い癖っ毛は、おかっぱの長さでも先がぴんとはねてしまう。もっと伸ばすと、もっとはねて、もじゃもじゃになってしまうだろう。だから、ポニーテールは無理だ。わかっている。たとえ一つに束ねて後ろに垂らすことはできても、きれいな形にはならない。わかっていても、あこがれる。

あんなふうに——と思い浮かべるのは、マキのポニーテールだった。

マキの髪はまっすぐでさらさらしている。髪を束ねるのも自分でできる。学校では黒いゴムで留めているが、家ではリボンを使う。ケーキの箱に掛けるような、薄くてひらひらしたリボンを何色も持っている。でも、マキのポニーテールは、そのリボンよりも軽やかに揺れるのだ。

おねえちゃんみたいな髪だったらいいのに。いつも思っている。恥ずかしくてお母さんには言えない。お母さんに「ポニーテールにして」とせがむたびに、「なんで？」と訊かれるんじゃないかと思ってどきどきしている。お母さんはなにも訊かずに「じゃあ後ろ向いてごらん」と笑って言うだけだったが、今度は逆に、ほんとうはお母さんはぜんぶわかっているんじゃないかという気がして、やっぱり胸がどきどきしてしまう。

ツルちゃんはお母さんとは違う。

「でもさー、なんでポニーテールがいいわけ？」

きょとんとした顔で訊いてくる。どう答えるかフミが迷っていたら、

「あ、そっか、わかった」と先走ってうなずく。

「おねえさんの真似したいんだ」

勘が鋭い。そして、思ったことはなんでも、あまり遠慮せずに口にする性格だ。

「べつにおそろいにしなくていいじゃん。ほんとうのきょうだいじゃないんだし」

ね、そうでしょ、と笑う。国語の授業で難しい問題を出されて、クラスで一人だけ手を挙げて正解を答えたときと同じ笑顔だった。

フミはまた髪の先を指で伸ばしながら、目を合わせずに笑い返した。

「わたし、あの子、嫌い」

その日の夕食時、マキに言われた。ツルちゃんのことだ。

さっきまでフミの部屋で一緒に遊んでいた。マキとは帰りがけに顔をちらりと合わせただけだったが、そのときのツルちゃんの表情や目つきが、マキの気に障(さわ)った。

「四年生のくせに生意気だよ」

口をとがらせて、「すごいムカつく」と、フミをにらむ。そんなときでさえ、マキのポニーテールは軽やかに揺れている。

「あとからフミちゃんに文句言ってもしょうがないでしょ」

お母さんが横から割って入ってくれた。

「それに、生意気って、なにか嫌なことされたわけ？」

「べつに、そんなのじゃないけど」

「じゃあ怒ることないじゃない」

「でも、ムカつく」

お母さんは「なに言ってんの」とあきれたが、フミにはマキの気持ちがなんとなくわかった。

ツルちゃんは好奇心いっぱいの目でマキを見たのだ。お母さんは気づいているかどうかは知らないが、お母さんのことも、ちらちらと、興味深そうに。ふうん、このひとがまま母なんだ、このひとが連れ子なんだ、ふうん、ふうん、なるほどなるほど……。声には出さなくても、フミには聞こえてしまった。きっとマキにも聞こえていたのだろう。

「鶴田さんって元気良くて、しっかりしてる子じゃない。お母さんは好きだけどな」

お母さんはフミを見て、「最初のお友だちなんだもんね」と、まるい顔をさらにまるくして笑った。フミはお母さんの笑顔が大好きだ。まんまるなところがいい。幼い頃に読んだ絵本の中に、お日さまがにっこり笑う絵があった。その顔によく似ている——と思いだすと、一緒に、亡くなったお母さんのことも浮かんでしまうのだけど。

「友だちかどうかなんてわからないじゃん」

マキはそっけなく言った。「たまたま最初に仲良くなっただけでしょ」

「仲良くなったんだから友だちでいいじゃない。なに屁理屈言ってんの」

お母さんはまたあきれ顔になって、「はい、もういいから、ごはん食べちゃいなさい」と食事に戻った。

マキもそれ以上はなにも言わず、ハンバーグの付け合わせのミックスベジタブルから嫌いなニンジンを選り分けはじめた。でも、機嫌を直したわけではない。その証拠に口はとがったままだった。

フミはしょんぼりとしてごはんを食べる。ニンジンはフミも嫌いだ。昔はいつも食べ残していたが、いまはがんばって食べている。なるべくコーンと一緒に、できればコーンのほうをたくさんスプーンに載せて、目をつぶって口に運ぶ。コーンの甘みで最初はごまかせても、ニンジンを噛むと、やっぱり苦くて、土臭くて、おいしくない。うえっ、となるのをこらえて呑み込んで、目を開ける。お母さんは、そうそう、がんばれがんばれ、と笑ってうなずいてくれたが、マキは知らん顔をしていた。まだ怒っている。わたしに言われたって困る、とフミも少しむっとして、でも、顔はますますしょんぼりとしてしまった。

　自分からわが家のことをツルちゃんに話したわけではなかった。「フミちゃんって、家族のことあんまりしゃべらないよね」と言われ、「せっかく友だちになったんだから、もっといろんなこと教えてよ」とせがまれて、しかたなく。それが昨日のこと——「まま母」と「連れ子」という言葉を教えてもらったのも、同じときだった。

「デザート、ブドウだよ」

先にごはんを食べ終えたお母さんは席を立ち、冷蔵庫に向かった。その隙（すき）に、マキは箸（はし）をフミのお皿に伸ばし、さいの目に切ったニンジンを一つつまんで、自分のお皿に移してくれた。お母さんがブドウを水洗いしている隙に、さらにもう一つ。

フミは小声で「ありがと」と言った。マキはにこりともせず、口の前で人差し指を立てただけだった。

「はい、お待たせしましたーっ」

お母さんがブドウのお皿を持ってきた。おどけた声に合わせて、フミも「やったーっ」と拍手した。マキは黙って、お皿の隅に集めたニンジンを箸の先でつつく。

「ごはんぜんぶ食べてからだからね。フミちゃん、がんばってニンジン食べちゃいなさい」

「はーい」

「マキも、ほら、あんたが残してどうするの」

「わかってる」マキはまた口をとがらせた。「まとめて食べようと思ってたの」

「じゃあスプーン出してあげようか？」

「ううん、いい」

答えるのとほとんど同時にお皿に顔を寄せて、箸でニンジンを掻き込んで口に入れる。ちっともおいしくなさそうな顔をして、ほとんど嚙まずに吞み込んでしまう。そのうちの二つはフミのニンジンだったが、マキはなにも言わない。

「……お行儀が悪いんだから」

ため息をついたお母さんは、フミに向き直ると笑顔に戻って、「ブドウ、さっき一つ味見したんだけど、甘かったよ」と言った。フミも「楽しみ」と笑い返す。

お父さん、まだかな。ふと思う。ゴエモン二世は階段の下で居眠りしてるのかな、早くこっちに来ればいいのに、とも思う。お母さんもフミも猫が大好きなので、ゴエモン二世がいれば自然と話が盛り上がる。お父さんが会社から帰ってくれば、お母さんのおしゃべりの相手はお父さんになる。

でも、お母さんとマキとフミの三人だと——。

フミは声に出せないつぶやきをハンバーグで喉(のど)の奥に押し戻した。

前のお母さんがおととしの夏に病気で亡くなってから、今年の夏にお父さんが再婚するまでの二年間、夕食はいつも一人だった。

夕方から来てくれる通いの家政婦さんは、食事のしたくをするだけで一緒に食べてはくれない。フミがごはんを食べている間も、乾燥機から取り出した洗濯物をしまったりアイロンをかけたりで忙しく、食卓についていてくれることもない。

寂しかった。

お母さんやマキと暮らすようになって、なによりもうれしかったのは、夕食のときに話し相手がいることだった。

でも、二カ月たったいまは、ときどき思う。

あの頃は確かに寂しかったが、あんがい気楽でもあった。いまのわが家の食卓は、サイズは前の家で使っていたのと変わらないはずなのに、ずいぶん窮屈になった。フミとマキが並んで座り、フミの向かい側にはお母さんが座る。顔を上げるといつも目の前にお母さんがいる。にこにこ笑って、フミを必ず「ちゃん」付けで呼んでくれる。それはうれしい。ほんとうにうれしい。絶対にうれしいことなのに、なにか疲れてしまう。

昔、家政婦さんに代わって田舎のおばあちゃんがしばらくウチに泊まってくれたことがある。お父さんのお母さんだ。最初は楽しくてしかたなかった。でも、おばあちゃんはフミがはしゃぐのを見ると、すぐに涙ぐんでしまう。泣きながらフミを抱きしめることもある。それがむしょうに照れくさくて、恥ずかしくて、困っているうちにフミのほうまで泣きたくなって……おばあちゃんが帰る日は、正直に言うと、ほっとした。

そのときの気持ちと似ているような気もするが、まったく違うところもある。

お母さんとマキは、これからずっとこの家にいる。おばあちゃんのときのように「それじゃまたね、お正月に遊びに行くからね、バイバイ」と手を振って見送るわけにはいかないのだ。

ツルちゃんには「気をつけなきゃだめだよ」と言われた。「まま母も連れ子も、意地悪なことしてくるかもしれないからね。だってほら、シンデレラとか、そういう話だったじゃん」

もちろん、フミはすぐに「お母さんは全然そんなことないよ、すごく優しいもん」と言い返した。おねえちゃんはよくわかんないけど――心の中で付け加えた。

「ほんとぉ？　だいじょうぶぅ？」

「だいじょうぶだって、ほんとほんと、お母さん優しいんだから」

嘘ではない。誰に訊かれても、ちゃんとそう答えられる。

でも、じゃあなんで晩ごはんのときにあんなに疲れてしまうんだろう――。

2

翌朝、フミはいつものようにマキと一緒に家を出た。門の外まで出て見送ってくれるお母さんは、二人が連れ立って学校まで行くんだと思い込んでいる。

でも、最初の角を曲がると、マキは急に足を速め、フミを残してさっさと歩いていく。これもいつものこと。転校してきた直後は学校の正門まで一緒だったが、一週間もしないうちに、マキは「もう道順覚えたでしょ、べたべたくっつかなくてもいいよね」と一人で先を歩くようになった。

下級生と歩くのが嫌なのか、相手がフミだから嫌なのか、わからない。先を歩くといっても、どんどん離れていくのではなく、適当なところで歩調をゆるめて、フミの視界からは消えずにいる。フミのためにそうしてくれているのかどうかも、わからない。どっちにしても、フミは二丁目の空き地の前でツルちゃんと落ち合って、そこからはツルちゃんと並んで歩く。フミがツルちゃんと仲良くなったのを確かめて、もうわたしがいなくても平気だよね、と思ったのか。フミとツルちゃんが遠慮なくおしゃべりできるように、わざと離れて歩くことにしてくれたのか。とにかくマキの心の中は、フミにはわからないことだらけだった。

その朝も、マキは適当に距離を取ると歩調をゆるめた。近すぎないし、遠すぎない。フミにとっては並んで歩くよりそのほうがいい。あこがれのポニーテールをゆっくり見ることができる。いいなあ、いいなあ、とうらやましそうな目で見ていても、マキには気づかれずにすむ。

マキのポニーテールは、ほんとうにきれいだ。家にいるときのリボンもいいが、黒いゴム留めもいい。ゴムの色が黒髪に紛れるので、髪を束ねてポニーテールをつくっているということを、つい忘れてしまう。まるで生まれつき、この髪形だったんじゃないかと思うほど、ごく自然に見えるのだ。真ん中がふくらんで、先のほうは筆のようにすぼまって、だらんと垂れ下がって首の付け根にかかるほど長くはなく、ぴょんと立って揺れなくなってしまうほど短くもなく……お母さんがこまめにお風呂場(ふろば)で髪を切りそろえているから、なのだろう。

二丁目の空き地にさしかかると、ツルちゃんはもう来ていた。先に通り過ぎるマキに「おはよーございます」とあいさつをした。マキは面倒くさそうに小さくうなずくだけだったが、ツルちゃんは気まずそうな様子もなく、昨日の夕方と同じようにマキをじろじろ見て、ふうん、ふうん、なるほどねえ、と見送った。

「ツルちゃん、おはよう」

フミはふだんより手前から声をかけた。ツルちゃんの視線をこっちに引き戻したかった。

ツルちゃんもすぐにフミを振り向き、「おはよーっ」と元気よく駆け寄ってきた。

「ね、ね、フミちゃん、わかったわかった」

「……なにが？」

また「まま母」や「連れ子」の話になるんだろうか、と思わず身がすくんでしまったが、そうではなかった。

「フミちゃんのおねえさんのポニーテール、カンペキだよ」

きょとんとするフミに、歩きながら身振り手振りを交えて教えてくれた。

ポニーテールをきれいにつくるコツは、髪を束ねて結ぶ位置なのだという。顎（あご）の先から頰を通って、耳の中心まで線を引く。その線を頭の後ろまで延ばしていったところで結べば、バランスがいちばんきれいになる。

「そこをゴールデンポイントって呼ぶんだけど、いま横から見たら、ぴったりゴールデンポイントで結んでるの、おねえさん。自分でやってるんでしょ？　お母さんにやってもらったりしてないんでしょ？

すごいよね」

　さっきはそれを見ていたのだ。ほっとした。そして、やっぱりおねえちゃんってすごいんだなあ、とも思った。

「で、ゴールデンポイントより少し上で結ぶとアーティストっぽくなって、下で結ぶとおとなっぽくなるの」

「すごいね、ツルちゃん」

「なにが？」

「ほんと、なんでも知ってるんだね」

　感心して言うと、ツルちゃんは、違う違う、と笑って首を横に振った。

「ゆうべ、お兄ちゃんにインターネットで調べてもらったの」

ツルちゃんのお兄さんは高校一年生だった。中学二年生のお姉さんもいる。末っ子のツルちゃんを含めた三人きょうだいはとても仲良しらしく、ツルちゃんはしょっちゅう二人の話をしている。

「フミちゃんがポニーテールが好きだっていうから、頼んであげたんだよ」

ツルちゃんは得意そうに胸を張った。

フミは「ありがと」と笑った。すぐに応(こた)えたつもりだったが、ほんの少し間が空いてしまった。ツルちゃんは親切で優しい。でも、こんなふうに自慢っぽく言わなければもっといいんだけどな、とフミはときどき思う。

「でも、ほんと、後ろから見てもきれいだよね、おねえさんのポニーテール」

「うん……」

マキはあいかわらず、フミの話し声は聞こえなくても視界からは消えない距離を保って歩いている。学校に着くまでずっとそうだ。そして、ずっと、一人だ。

「おねえさんのランドセルって、前の学校のやつだよね」

「うん……たぶん」

マキのランドセルは、ほかの子のものとは違う。横長で、蓋が全面を覆うのではなく、留め金具が真ん中のところに付いている。中学生の通学鞄にショルダーストラップを付けたような形だ。金具のすぐ上の、いちばん目立つところには、星の形のシールが貼ってある。

「あのシールも、前の学校で決められてたの？」

「わかんないけど……」

ランドセルにシールを貼っていいという学校は珍しいと思うし、それが決まりだという学校はもっと珍しいだろう。でも、マキは平気な顔でシールを貼ったまま登校している。

「おねえさんの前の学校って、どんな学校だったの？　あんなランドセルだったら私立だよね、きっと」

知らない。マキは前の学校や前のウチの話はなにもしないし、フミのほうもなんとなく訊きづらくて、そのままにしていた。正直に答えると、ツルちゃんは「うそ、信じられない」と驚いた。「わたしだったら初日に訊いてるよ。ヘンだよ、フミちゃんって」

「……そう？」

「だって、気にならない？　なるでしょ？」

あー、ほんと、もう、信じられない、とツルちゃんはもどかしそうに身をよじって、「じゃあ」とつづけた。「お父さんのことは？」

「お父さんって？」

「だ、か、ら、おねえさんのお父さんっていうか、いまのお母さんが前に結婚してたひとのこと。フミちゃんのほんとうのお母さんは病気で死んじゃったんでしょ？　じゃあ、おねえさんのお父さんは？　死んじゃったの？」

「……離婚したって聞いたけど」

「理由は？　ほら、いろいろあるじゃん、不倫とか性格の不一致とか、

DVとか、借金とか、アル中とか」

テレビでしか聞いたことのない言葉がいくつも出てきた。どっちにしても、フミは知らない。お父さんからも、お母さんからも、もちろんマキからも聞かされていない。あきれられるのが嫌で黙っていたが、なにも答えないことで、ツルちゃんには伝わってしまった。

「フミちゃんって、意外と冷たいんだね」

「……なんで?」

「家族になったひとのことが気にならないって、冷たいじゃん。やっぱり、まま母と連れ子だと、なじめないって感じ?」

思わず足が止まった。うつむいて、うなだれて、顔を上げられなくなってしまった。

すると、ツルちゃんはあわててフミの前に回り込み、「ごめん、そういう意味じゃないから、ごめんね、ほんと、ごめん」と手を合わせて謝った。本気で謝ってくれている。それは信じる。悪気はない。ちょっと口がすべって、言わなくてもいいことを言ってしまっただけだ。ちゃんとわかっている。

フミは顔を上げて、えへへっ、と笑った。

「気にしてない、全然」

ツルちゃんもほっとした顔になって、そこから先のおしゃべりは別の話題になった。しばらく歩くと、いつものように同じクラスの子が一人また一人と合流して、学校に着く頃には十人近いグループになった。ツルちゃんのおしゃべりの相手もほかの子になって、フミは聞き役に回る。そのほうが、ほんとうは気が楽だ。

話に相槌を打ったり冗談に笑ったりしながら、マキの背中を見失わないように、ちらちらと目をやる。マキは今日も、校門を抜けて昇降口に入るまで、一人だった。


「ねえ、おねえちゃん、このシールってなに？」

夕食のあと、テレビをがまんして自分の部屋にこもり、ゴエモン二世を相手に練習した。

「古くなったら新しいのに替えるの？　星の形で、銀色じゃないとだめなの？」

うまく言える。だいじょうぶ。ゴエモン二世も甘えてしっぽをすりつけながら、にゃあ、と鳴いてくれた。

「まだシール、たくさんあるの？」

持ってるよ、と心の中でマキに答えてもらった。優しい声に優しい笑顔。それを想像するのは難しかったけれど。

「じゃあ、わたしにも一枚ちょうだい」

言えるかな。言えないかな。「ちょうだい」のところを、うまく甘えて、手を出してみるのも、いいかな。

もしもマキがシールをくれたら、ランドセルの蓋の真ん中に貼ってみるつもりだった。先生に叱（しか）られたら、だっておねえちゃんも貼ってるんです、と……どうせ実際には言えないことだから、いまは胸を張って言いたい。

階段を上る足音が聞こえた。

「フミ、お母さんがお風呂に入りなさい、って」

階段の途中でマキが言った。

フミは「はいっ」と甲高い声で応え、急いで廊下に出た。

ちょうどマキも二階まで上りきったところだった。

「なにあせってんの?」

笑顔ではなかった。「おっきな声で返事しなくても聞こえてるから」とつづけたときの顔は、怒っているようにも見えた。

「……ごめん」

「謝るようなことじゃないけど」

そっけなく言って自分の部屋に入ろうとするマキを、フミは「あ、ちょっと……」と呼び止めた。次のチャンスのほうがいいかも、と思うより先に、口が勝手に動いてしまったのだ。

マキはドアノブに手をかけたまま、「なに？」と振り向いた。

練習どおり練習どおり練習どおり、とフミは手をぎゅっと握りしめて、「あのね、おねえちゃん」と言った。このシールって——とつづけようとして、気づいた。マキはいまランドセルを背負っていない。

「なに？」とマキはもう一度うながした。

しかたない。練習してこなかったことを言うしかない。

「あのね……おねえちゃんのランドセルなんだけど……」

その瞬間、マキの表情が変わった。さっきは怒っているように見えていたが、いまは間違いなく、完全に、怒った顔だった。

「関係ないでしょ」

乱暴にドアを開けて部屋に入り、後ろ手にバタンと音を立ててドアを閉めた。


お風呂からあがると、もっと悲しいことが待っていた。

「フミちゃん、ちょっと髪が伸びちゃったね」とお母さんに言われた。

フミも気になっていた。髪が長くなったぶん、毛先の癖もキツくなった。今夜もシャンプーのあとでピンとはねてしまった髪を、ドライヤーとブラシでがんばって押さえつけたところだった。でも、明日の朝には、どうせまたはねてしまい、お母さんにムースをつけてもらって登校することになるだろう。

「いままでは、髪が伸びたときはどうしてたの？」

お母さんと一緒に暮らしはじめて二カ月、髪を切るのは初めてだった。

「近所の床屋さんに行ってたけど……」

「それ、前の家の近所ってことよね？」

黙ってうなずいた。「電車に乗って髪を切りに行くのもねえ」とお母さんが苦笑したので、フミも笑い返して、またうなずいた。

ほんとうは、床屋さんの話のあとでつづけたい言葉があった。

わたしもおねえちゃんみたいに、お母さんにお風呂場で散髪してほしい――。

もう一つ、別のことも言いたかった。

わたしもおねえちゃんみたいにポニーテールにしたいから、切りたくない――。

でも、お母さんは「じゃあ、お母さんの行ってる美容院で切ってもらおうか」と言った。「お母さんもまだ二回しか行ってないけど、感じのいいお店だし、小学生の子も来てたから」

そうしようそうしよう、とお母さんは一人で話をまとめて、「明日、学校から帰ったら連れて行ってあげるね」と、壁掛けのカレンダーにさっそく〈フミ美容院　予約すること〉と書き込んだ。

フミは生乾きの髪をそっとつまんだ。さっきあれだけ苦労して押さえたのに、髪はもうピンとはねてしまっていた。

3

フミちゃんのおねえさんのランドセル、ヤバいよ――。

ツルちゃんが小声で教えてくれたのは、翌日の放課後のことだった。

日直だったツルちゃんは、クラス担任の細川(ほそかわ)先生に学級日誌を提出するために職員室に向かった。戸口で「失礼しまーす」とあいさつして中に入ろうとしたら、六年生の女子が数人、「どいて、そこ、邪魔！」とツルちゃんを脇(わき)にどかして職員室に駆け込んできた。

「六年二組のひとたちだったの」

マキのクラスだった。

「担任の柳(やなぎ)先生の席に行って、なんか、みんなすごく怒ってるわけ。

で、どうしたんだろうと思って、なにをしゃべってるのか立ち聞きしたの。そうしたら、もう、びっくりしちゃったんだけど……」

職員室からダッシュで教室に戻ってきたツルちゃんは、息を半分切らして、苦しそうにつづけた。

「フミちゃんのおねえさんのことだったの」

そのグループは柳先生を取り囲むと、「なんで石川さんだけみんなと違うランドセルでいいんですか？」と訊いた。

「ふつうの質問じゃなくて、文句つけてたの、先生に」

転校生だから特別扱いなんですか、と言う子がいた。えこひいきです、と言う子もいた。ひきょうです、とワケのわからないことを言う子までいた。

六年生から「ヤナばあ」と呼ばれている柳先生は、ベテランのおばさん先生らしい余裕で「ランドセルに決まりなんてないのよ」と答えた。「色だって、べつに赤と黒以外の色でもいいんだし」

「そうだったの？」とフミが驚くと、ツルちゃんは「そんなのあたりまえじゃん」と笑った。「わたしとフミちゃんのランドセルだって、ちっちゃなところのデザインとかポケットの数とか、いろいろ違ってるでしょ」

確かに、フミも転入するときに体操服や上履きは学校指定のものを買わされたが、ランドセルについてはなにも言われなかった。

でも、その子たちは納得せず、かえって先生がかばったことでよけい腹を立てて、「でも、石川さんのランドセルは違いすぎます」「遊びのバッグみたいですー」「縦より横のほうが長いランドセルってヘンです」「あんなランドセル、ひきょうですー」と口々にまくしたてた。

「なんかねー、ランドセルがムカつくだけじゃないみたいだったよ」

ツルちゃんは帰りじたくをしながら「こんなこと言うとアレだけど、おねえさん、クラスのみんなから浮いてるって感じした」と言った。

フミは黙って、からっぽだとわかっている机の中を覗き込んで、忘れ物がないか確かめるふりをした。一人で登校するマキの背中が浮かぶ。ツルちゃんのことを「友だちかどうかなんてわからないじゃん」と言ったときの、そっけない顔と声も。

「はい、お待たせ」

ツルちゃんはランドセルを背負って、「帰ろう」と先に立って歩きだした。フミはあわてて後を追う。

それでね、とツルちゃんは廊下を歩きながら話をつづけた。

「最初のうちは柳先生も、まあまあ、いいじゃない、なんて笑ってたの。あと半年で卒業なのに新しいランドセルを買うのってもったいないでしょ、とか言って」

ところが、まだおさまらない一人が「じゃあシールはどうなんですか？」と言い返した。「ノートや筆箱や下敷きにシールを貼るのが禁止なんだから、ランドセルはもっと禁止なんじゃないんですか？」

柳先生も、今度は答えに詰まってしまった。それで勢いづいたほかの子も、「なんで石川さんだけOKなんですか？」「先生が注意しないといけないと思いまーす」「ひきょうでーす」と言いだして、しまいには「明日の朝、先生がシールをはがしなさいって言ってるよ、って石川さんに言っていいですか？　いいですよね？」という話にまでなった。

先生は困り果てて、「石川さんには先生のほうから話すから、みんなはよけいなことしちゃだめよ。これは担任の先生の仕事なんだからね」と釘（くぎ）を刺すのがやっとだった。

「でも、わかんないよね。あのひとたち、絶対に言っちゃうと思うよ。言うだけじゃなくて、無理やりはがしたりするかも。六年生って怖いし」

「うん……」

ツルちゃんの言うとおり、六年生の女子はおっかない。みんながみんな怖いひとではなくても、背が高くておとなっぽいというだけで、やっぱりおっかない。同じ二学年の違いでも、一年生のときに見ていた三年生は、もっと近くて親しみやすかった。二年生のときの四年生もそう。でも、三年生になると、五年生が急に遠くなった。四年生のいまは、六年生に気軽に声をかけることなどできない。再来年には自分も六年生になるんだというのが信じられないほど、四年生と六年生の間には壁がある。目には見えないその壁の向こうに、マキも、いる。

靴を履き替えて外に出ると、「おねえさんに教えてあげるんでしょ？」とツルちゃんに訊かれた。

思わず「え？」と訊き返してしまった。

「だって、このままだと明日大変だよ」

「だよね……」

「先に教えといてあげれば、明日からランドセルのシールをはがして学校に行くとか、先にみんなに謝っちゃうとか、いろいろ作戦立てられるじゃん」

　わたしだったら、とツルちゃんは言った。

「お兄ちゃんやお姉ちゃんに絶対に教えてあげるよ」

　言葉だけでなく心からそう思っているような、きっぱりとした口調だった。

「だって、きょうだいの大ピンチなんだもん」

　なんの迷いもなく言い切った。

二丁目の空き地の前でツルちゃんと別れて一人になると、急に足が重くなった。美容院の予約時間は気になっていても、足がなかなか前に進まない。

きょうだいの大ピンチというのは、フミにもちゃんとわかっていた。職員室での話を聞きながら、どうしようどうしよう、と困っていた。でも、おねえちゃんに教えてあげなきゃ、とは思わなかった。黙っていようと決めていたのではなく、最初から、まったく、その発想がなかった。

ほんとうのきょうだいじゃないから――？

お母さんに話そう、と思った。あとはお母さんにまかせよう。そのほうがいい。絶対にいい。お母さんはおとなだし……おねえちゃんのほんとうのお母さんなんだし。

足の重さが、おなかにも伝わってきた。おなかが痛いような、気のせいのような。吐き気がするような、しないような。ふだんの帰り道はオヤツが楽しみでしかたないのに、いまはなにも欲しくない。

家に帰り着くと、お母さんは出かける準備をして待っていた。大急ぎで美容院に向かわないと予約していた時間に間に合わない。

「ごめんね、オヤツはあとになっちゃうけど……」

帰りが遅くなったのはフミが悪いのに、お母さんは申し訳なさそうに言って、一口サイズのチロルチョコとミルキーをくれた。「髪を切ってもらってるときにおなかがグーグー鳴っちゃったら、これ、こっそり食べちゃいなさい」と、いたずらっぽく笑う。

お母さんは優しい。亡くなったお母さんも優しいひとだったが、優しさの種類がちょっと違うような気がする。亡くなったお母さんは、フミがものごころついた頃からずっと、家よりも病院にいる日のほうが長かった。そんなお母さんの優しさは、受け取ると胸がきゅんとして、涙が出そうになる。でも、いまのお母さんの優しさは、受け取ると胸がほっこりと温かくなって、頬が自然とゆるむ。お母さんが冗談を言ってみんなが笑うと、お母さんはそれがうれしくて、もっと笑って、まんまるな笑顔になる。フミはそのまんまるな笑顔が大好きだから——美容院に向かう途中、マキのピンチのことはどうしても言い出せなかった。

美容院の椅子(いす)に座って、鏡にうつる自分の顔と向き合った。髪の先がやっぱりはねている。美容師のおねえさんもすぐに気づいて、髪をブラシで軽くとかしながら「ちょっと癖があるね」と言った。

髪を切ったあとの長さは、お母さんがすでに美容師さんに伝えてある。耳がぜんぶ隠れるか隠れないか。「夏休みの頃の髪がいちばんかわいらしかったから」とお母さんは言っていた。いまの家に引っ越してきたばかりの頃。お母さんやマキと一緒に暮らしはじめた頃。あれから二カ月かけて伸びた髪が、切られてしまう。すごろくで言うなら、ふりだしにもどる。

鏡の隅っこに、ソファーに座ってファッション誌を読むお母さんが映っていた。お母さんはこの二カ月で体重が一キロ増えたと言っていた。「こういうのを幸せ太りっていうのよ」と笑っていた。おねえちゃんはどうだろう。ふと思う。二カ月で変わったこと——できれば、増えたり伸びたりという、足し算になるようなこと、なにかあるんだろうか。もしもなにもないのなら、それは誰のせいなんだろう……。

後ろの髪にハサミが入った。切られた髪がぱらぱらと落ちていく。見たくない。目をつぶると、まぶたの裏が急に熱くなった。びっくりする間もなく、胸の奥からもっと熱いものが込み上げてきて、肩と顎（あご）が震えた。

ハサミの音が止まった。

「石川さーん、すみません、ちょっと……」

美容師さんがあせった声でお母さんを呼んだとき、目尻（めじり）からあふれた涙が頬を伝った。

4

美容院からの帰り道、お母さんに「いいところに連れて行ってあげる」と言われて、ちょっと遠回りをして通学路に出た。

二丁目の空き地のすぐ近所に、お屋敷のような大きな家がある。道路に面した庭も広い。その庭の前でお母さんは立ち止まり、残念そうに首をかしげた。

「もうそろそろだと思ったんだけど、まだだった」

「……なにが？」

フミは涙の残った声で訊いた。

「キンモクセイ」

お母さんが庭を指差した先に、筒のような形にきれいに剪定(せんてい)された木があった。

「あれがキンモクセイ。花が咲くと、いい香りがするのよ」

トイレの芳香剤を思いだしちゃうかもしれないけどね、と笑う。フミも笑い返したかったが、気を抜くとまた泣きだしてしまいそうだったので、黙ってうなずくだけにした。

「ちっちゃな花がいっぱい咲くんだけど、面白いのよ。咲いた順にちょっとずつじゃなくて、ある日、突然、ぜんぶの花が香ってくるの。もう、遠くからでもキンモクセイがあるんだなあってわかるくらい、強い香りでね……」

それがちょうどいま頃なのだという。明日かもしれないし、あさってかもしれない。

「楽しみでしょ」と笑うお母さんの顔は、冗談がウケたときのようなまんまるな笑顔ではなかった。むしろ、亡くなったお母さんが病院のベッドから「またね」とフミを見送っていたときの笑顔に似ている。だから胸がきゅんとする。せっかく落ち着かせた胸に、また熱いものが込み上げてきそうになる。

さっき美容院でさんざん泣いてきたのだ。嫌だ嫌だ嫌だ、切りたくない切りたくない、と幼い子どもが駄々をこねるようにひたすら繰り返した。お母さんに恥ずかしい思いをさせてしまった。美容師のおねえさんも、なんなのこの子、とあきれて、怒っていたかもしれない。

でも、お母さんは、嗚咽がおさまるのを待って「じゃあ帰ろうか」と言ってくれた。フミを叱ることも、なだめたりすかしたりすることもなく、カット代を払って美容院を出てからも鼻歌ばかり歌って、なにも言わなかったし、なにも訊かなかった。

「ざーんねんでした。さ、帰ってオヤツ食べよっか」

歩きだすお母さんの背中に、フミは「ごめんなさい……」と言った。か細く消え入りそうな声だったが、お母さんは足を止めて振り向き、そんなことないよ、と首を横に振ってくれた。

「髪、伸ばしたいの？」

「うん……」

「どれくらい？」

おねえちゃんみたいな――というところは心の中でだけ言って、つづきを声に出して答えた。

「ポニーテールができるまで」

お母さんは少し間をおいて、ふうん、とうなずき、くすぐったそうな微笑みとともに「マキは肩までだから……半年ぐらいかかるわよ」と言った。

「かかってもいい」

お母さんはまた微笑んで、「でも、もう一回だけ美容院に行かなきゃね」と言う。「途中でやめちゃったから、後ろの髪、右と左で段になっちゃってるもん。明日また予約してあげるから、明日一日だけ、カッコ悪くてもがまんして」

フミは首の後ろに手をやった。どれくらい段差がついてしまったのか、指でさわっただけではよくわからなかったが、どっちにしても答えは決めていた。

「じゃあ、お母さん、切って」

「お母さんが？」

「うん……」

おねえちゃんみたいに――というところは呑み込んだ。

「お母さん、美容師さんみたいにきれいにできないわよ」

「できなくてもいい」

「失敗しちゃって、どんどんどんどん短くなって、ワカメちゃんみたいになっちゃうかもよ」

「それでもいい」

きっぱりと答えると、お母さんはさっき以上にくすぐったそうな微笑みを浮かべて、「じゃあ今夜、一丁がんばるかあーっ」と右手をぶんぶん回しながら言ってくれた。


キンモクセイの庭から家までは、並んで歩いた。しばらくはツルちゃんと一緒に帰るときのような間隔を空けていたが、小さな声でしゃべらないといけないんだから、と自分に言い聞かせて、フミのほうからお母さんに体を寄せていった。

「お母さん……」

「なに？」

迷いやためらいを振り払って、ツルちゃんから聞いた話を伝えた。

お母さんが悲しそうな顔になったらすぐにやめようと思っていた。でも、お母さんは最初はびっくりした顔になったものの、途中からはうなずきながら話を聞いてくれて、最後は笑ってフミの肩を抱いた。

「フミちゃん、ありがとう」

マキの大ピンチを教えたからではなかった。

「おねえちゃんのこと心配してくれて、ありがとう」

それから、もう一つ——。

「フミちゃんが困ってることをお母さんに相談してくれたのって、初めて」

お母さんは「ありがとう」と繰り返して、フミの肩から手を離した。

「だいじょうぶ。おねえちゃん、強いから」

「でも……」

「ほんとよ。マキってね、ひとりぼっちに強いの。みんなと無理してベタベタくっつかなくても平気な子だから」

「……友だちがいなくても平気なの？」

「いないんじゃなくて、まだ出会ってないだけ。それまではひとりぼっちなのはあたりまえでしょ？　だったら、ひとりぼっちなのを寂しがることなんてないし、無理やり友だちをつくることもないでしょ？　あの子って、そういうふうにものごとを考える子なの」

「ちっちゃな頃から？」

「うん、いまのフミちゃんよりも小さな頃から、ずっとそう」

不思議な気がした。自分の子どもがひとりぼっちだったら親はふつう心配するはずなのに、お母さんの口ぶりは、それを応援しているみたいだった。

「生まれたときから？」

「赤ん坊の頃はそんなの考えてないけどね」とお母さんは苦笑した。

「じゃあ、小学校に入る前から？」

今度は、なにも答えず、ただ苦笑するだけだった。

もしかして、お父さんとお母さんが離婚したことと関係あるんだろうか——。

ふと思ったが、口に出せずにいるうちに、お母さんは話をつづけた。

「あのシール、前の学校の校章を隠してるの。新しいランドセルを買ってもすぐ卒業だし、マキもあのランドセルのままでいいって言うから、先生にも特別に許可してもらったのよ」

「ランドセルに校章が付いてるの？」

「うん。私立だったからね」

学校の名前も教えてくれた。フミも聞いたことがある有名な女子大の附属小学校だった。

「でも、私立だったら転校しないでもいいんじゃないの？」

学校まで遠くなっても、卒業まで半年ちょっとなのだから、なんとかなるはずだ。

お母さんは、そうね、とうなずいてから、遠くを見て言った。

「苗字(みょうじ)が変わったでしょ」

「うん……」

「いままでは『紺野』だったの。で、その前は『津村』……今度は『石川』って、一つの小学校に通ってる間に三つも苗字が変わるのって、やっぱり、嫌じゃない」

津村という苗字の頃は、お父さんがいた。離婚して、お母さんの旧姓の紺野になった。再婚して、今度は、フミと同じ石川という苗字になった。

「……津村さんから紺野さんになったのって、いつだったの？」

「二年生のとき」

フミがほんとうのお母さんを亡くしたのと同じ学年だった。マキのことよりも、むしろ自分自身の悲しい記憶がよみがえって、フミはうつむいてしまった。

お母さんはそれに気づくと、「ごめんね、暗くなっちゃったね、ごめんごめん」と笑って、「さ、早く帰ってオヤツ食べなきゃ」とフミの背中を軽く叩(たた)いた。

「……ごめんなさい」

フミはうつむいたまま言った。お母さんは「フミちゃんが謝ることないじゃない」と笑って言ってくれたし、自分でもそう思う。でも、理由はわからなくても、いまいちばん言いたい言葉は、やっぱり「ごめんなさい」だった。

「でもね、お母さん、いま、すごーくうれしかったんだよ」

悲しい話を聞かせてしまったし、悲しい話を言わせてしまったのに

――。

「今度からは、困ったことや相談したいことがあったら、なんでも言っていいからね。お母さんに、まっかせなさーいっ」

胸を張って、ゴリラみたいにドンドンと拳で叩いて、まんまるな笑顔になった。

5

夕食のあと、お母さんはマキの部屋に入った。二人の話は長引いていて、お母さんはなかなか出てこない。フミはリビングでテレビを観ていた。毎週楽しみにしているドラマなのに、ストーリーは目や耳を素通りするだけだった。

おねえちゃんはシールをどうするんだろう、これからもクラスのみんなと仲良くならずにひとりぼっちでいるんだろうか、それでほんとうに平気なんだろうか……。

考えれば考えるほど頭の中がこんがらかってしまう。そのくせ、胸の中は、すうすうと風が吹き抜けてしまいそうなほど隙間だらけだった。寂しい、とは思いたくない。でも、二人きりで長い話ができるお母さんとマキは、やっぱりほんとうの親子なんだな、と思う。

リビングの真上がマキの部屋なので、ときどき声が天井から漏れてくる。言葉は聞き取れなくても、楽しい会話でないことぐらいはわかる。もしかしたら、お母さんはフミの前ではマキのひとりぼっちを応援していても、本音では困っていて、なんとかしなきゃ、と思っているのかもしれない。でも、たとえどんなに話がもつれて、揉めて、ケンカになってしまっても、それはほんとうの親子だからできることなのだろう。

フミには家族とケンカをした記憶がない。お母さんのお見舞いをしているときに言い争いなどできるはずがないし、お父さんもお母さんが亡くなってからは厳しいことをなにも言わなくなっていた。

マキがうらやましい。ツルちゃんはマキのことを「連れ子」と呼んだが、マキから見ればフミのほうが「連れ子」なのだ。同じ「連れ子」でも、マキにはいつも血のつながったお母さんがいる。でも、お父さんの帰りは今夜も遅い。お父さんが帰ってくるまで、フミは家の中でただ一人の他人になってしまうのだ。

ドラマをあきらめて、チャンネルを替えた。バラエティ番組をやっていた。好きな芸人のコントのコーナーなのに、ちっとも笑えない。さっきまでリビングのテーブルの下にもぐり込んでいたゴエモン二世まで、いつのまにかどこかに行ってしまっていた。チャンネルをさらに替えた。クイズ番組でいいや、もういいや、とリモコンを置いて、首の後ろに手をあてた。髪の毛に指がふれると、やっと笑顔になった。

夕食の前に、お風呂場(ふろば)でお母さんに髪を切ってもらった。マキがいつもしているように大きなゴミ袋の底に切れ込みを入れて、そこに頭を通してポンチョみたいにかぶった。「失敗したらごめんね、ワカメちゃんになったらごめんね」とお母さんは何度も言っていたが、終わってみると後ろ髪はきれいに切りそろえられていた。

楽しかった。なにか特別な話をしたわけではなくても、背中に回ったお母さんのハサミの音を聴いていた時間は、この家に引っ越してきてからいちばん楽しい時間になった。

お母さんがこれからも髪を切ってくれるんだったら、おかっぱのままでもいいかな——。

ポニーテールへのあこがれが一瞬揺らぎかけたほどだったのだ。

電話が鳴って、われに返った。楽しかった時間の余韻は吹き飛んで、お母さんとおねえちゃんの話し合いを邪魔しちゃいけない、とあわててソファーから起き上がり、ダッシュして受話器を取った。

ツルちゃんからだった。最初は「もしもし、夜分すみません、鶴田と申しますが……」とおとなびたあいさつをしていたツルちゃんも、電話に出たのがフミだと知ると、いきなり「大ニュース、大ニュース！」と声をはずませた。

「おねえさんを助けてあげる作戦があるの！」

「どうしたの？」

「ランドセル、ウチにあるの。お姉ちゃんが使ってたやつ、どこかにしまってあるはずだからって思って、ずーっと納戸の中を捜してたんだけど、あったの。いま、見つけたの」

明日からは、そのランドセルを使えばいい。

「お古だから嫌かもしれないけど、どうせ三月までしか使わないんだし、お姉ちゃんもけっこうきれいに使ってるから、ぜんぜん平気だと思うよ。お姉ちゃんも貸してあげるって言ってくれたし、お兄ちゃんの持ってるワックスで拭いたらもっときれいになるから……どう？

今夜はもう遅いけど、もし使うんだったら、明日の朝、空き地まで持って行ってあげるよ。中身だけ入れ替えて学校に行けばいいじゃん」

ツルちゃんは一息にまくしたてて、短いくしゃみを三回繰り返した。

「捜してくれたの？」

「うん。さっき言ったじゃん」

「ツルちゃんが？」

「そーだよ、だから、もう、埃でくしゃみ止まらなくなっちゃって。わたし、アレルギー性鼻炎なんだよね」

そう言うそばから、またくしゃみが出る。ハナをすすって、「感謝してよね」と言って、さらにまた、くしゃみ。

「……ありがとう」

「ほんと、わたしって親切だと思わない？」

「……思う、すごく」

「でしょ？　でしょ？　自分でもすごいと思ったもん。偉いよね、マジに」

自慢さえしなければ、もっとすごくて、もっと偉いのに——。

でも、うれしかった。ほんとうに。涙が出そうになるほど。

「で、どうする？　おねえさん使うかどうか訊いてみてよ」

まだお母さんが二階から下りてくる気配はない。しかたなく、「いまお風呂に入ってる」と言った。

「なんだ、せっかく電話してあげたのに」

ツルちゃんはまた恩着せがましい言い方をして、それでも「じゃあ、使うんだったら、明日の朝でもいいから電話してよ」と言って、電話を切った。最後にもう一度「ありがとう」を伝えたかったのに、言いそびれてしまった。

せっかちすぎるよ、ほんと、と苦笑して受話器を置いた。

お母さんがマキの部屋から出てきたのは、ツルちゃんの電話の数分後だった。

さんざん話してもうまくいかなかったらしく、階段を下りてくる途中、「ほんとにもう……」とつぶやく声が聞こえた。リビングを通らずにキッチンに入り、麦茶をごくごくと飲んで、蛇口をいっぱいにひねってコップを洗う。

フミはシンクを叩く水音に肩をすくめ、そっとリビングを出て二階に上がった。

明日もマキはあのランドセルで登校するつもりで、シールをはがす気もないのだろう。クラスの友だちと揉めてもかまわない、と覚悟を決めているはずだ。だいじょうぶだろうか、と胸がどきどきする。ツルちゃんの電話がなかったら、今夜は一晩中心配していたかもしれない。でも、いまは違う。胸は確かにどきどきしていても、じつは、わくわくもしている。

マキの部屋のドアを小さくノックした。ドアに顔をつけて、おねえちゃん、おねえちゃん、と小声で呼んだ。返事はなかったが、ドアはすぐに――乱暴な勢いで開いた。

「なに？」

いつも以上にそっけない言い方だった。顔もふてくされている。ちょっとでも気に障ることがあったら、すぐにドアを閉めてしまいそうだ。でも、怖くない。フミにはとっておきの作戦がある。

「あのね、おねえちゃん、いいこと教えてあげる」

ツルちゃんにランドセルを借りる話を聞かせた。「明日だけじゃないよ、卒業するまでずーっと貸してくれるんだって」「これだったら誰にも文句言えないよ」「きれいに使ってるし、ワックスもかけてくれるっていうんだよ」……話しているうちに盛り上がって、「もしおねえちゃんがお古が嫌なんだったら、わたしがそっちを使うから、おねえちゃんはわたしのランドセルを使えば？」とまで言った。

でも、マキの顔はふてくされたままだった。いっそう不機嫌になってしまったようにも見える。話が終わってもなにも言わない。表情も変わらない。

「……それでね」

フミの笑顔もこわばった。「もし使うんだったら、明日の朝、ツルちゃんに電話することになってるんだけど……」とつづける声は、急に沈んでしまった。

気持ちよくふくらんでいたゴム風船が、はじけるのではなく空気が抜けてしぼんでしまったように、胸の高鳴りはいつのまにか消え失せていた。

「……どうする？」

最後は不安いっぱいで訊いた。

マキはやっと口を開いた。

「あんた、バカ？」

冷たい声だった。感情を込めずに、ゴミを払い落とすように言った。

「……なんで？」

「バカみたいなこと言ってるから、バカなんですか、って訊いただけ」

声はもっと冷ややかになった。ふてくされていた顔も、薄笑いに変わった。

「なんで、そんなこと言うの？」

もう答えてもくれない。

「ねえ……なんで、そんな言い方するの？」

声が震えた。これなら怒られたほうがまだましだった。そっけなくドアを閉められたほうが、まだあきらめがついた。

涙が頬を伝い落ちた。夕方に美容院で泣いたときには熱いものが込み上げていたが、いまは違う。涙が流れれば流れるほど、胸の奥が凍りついてしまう。

そんなフミの涙を見て、マキの顔に初めて困惑が浮かんだ。

「あんたが心配することじゃないでしょ。そういうの、よけいなお世話だから」

フミはしゃくり上げながら、首を何度も横に振った。

マキはわずらわしそうに「とにかく、よけいなお世話なの」と言った。「なんにもわかってないくせに、おせっかいしないで」

「だったら教えてよ……なんであのランドセルじゃないとだめなのか、教えてよ……」

「教えても、あんたなんかにはわかんないよ」

「わかる」

「わかんないって」

「わかる、絶対、わかる……」

ああ、もう、うっとうしい、とマキはいったん部屋の中に入って、ランドセルを抱きかかえて戸口に戻ってきた。蓋(ふた)をめくり上げて、ほら、と裏側をフミに見せる。

時間割や連絡先を書いた紙を入れる、透明なポケットが付いていた。連絡先の紙には、住所と名前が、どちらも三つ書いてある。上の二つは太いサインペンで消され、窮屈(きゅうくつ)そうに三つめの——いまの家の住所と〈石川真希〉があった。消された二つの住所は読み取れなかったが、名前のほうは〈津村真希〉と〈紺野真希〉だとわかった。

「わたし、このランドセル、卒業するまで使うから。よけいなことしないで」

フミは「でも……」と言いかけたが、その前にマキがドアを閉めてしまった。

でも、すぐにまた、ドアは勢いよく開いた。

「あー、もう、ほんと、バカ！　あっち行って！　邪魔！　ウザい！」

怒って、にらんで、怒鳴って、フミの背中を乱暴に押して、音が家中に響きわたるほど荒々しくドアを閉めて……それっきりだった。

しかたなく自分の部屋に戻ったフミは、背中をもぞもぞさせた。さっきマキに押されたところに、なにかヘンな感触がある。

怪訝（けげん）に思ってシャツを脱いでみたら、背中に銀色の星が光っていた。

マキのランドセルに貼（は）ってあったシールだった。


翌朝、お母さんはご機嫌だった。「そう、それでいいんじゃない？

校章なんて、服のブランドのマークだと思えばいいんだから」と、シールをはがしたマキのランドセルを何度も見て、何度も満足そうにうなずいた。

「やっぱりお母さんの言ったとおりでしょ？　せめてシールだけでもはがすと全然違うんだから」

マキはなにも言わずにトーストをかじる。フミも黙って牛乳を飲む。目が合うと、フミはクスッと笑い、マキはあいかわらずそっけない顔で口の前に人差し指を立てる。

お母さんは意外と単純だ。フミはそれが少しうらやましい。単純に自分のお手柄だと思い込むことができるのは、やっぱりお母さんとおねえちゃんがほんとうの親子っていうことなんだな、と思う。

だから、亡（な）くなったお母さんの写真に「行ってきます」と手を合わせる時間は、いつもより長くなった。

家を出て最初の角を曲がっても、マキは足を速めなかった。フミと並んで歩きながら、珍しく自分から「お母さんから聞いたけど、フミも髪を伸ばすんだって？」と話しかけてきた。

「うん……」

ポニーテールのことがバレてたら嫌だな、と心配していたが、どうやらお母さんはそこは黙っておいてくれたようだ。ほっとして、はねた髪の先を指でつまんで伸ばしながら、言った。

「長くすると、髪がすごくはねちゃうから、カッコ悪くなるかも」

「そう？」

「うん……たぶん」

「でも、癖っ毛って、中途半端な長さだとはねちゃうけど、そこを超えたあとは逆に落ち着いてくるっていうよ」

「ほんと？」

パッと光が射した気分だった。マキはすぐに「ひとによるけどね」と突き放したが、フミは笑顔のまま、そっか、そうなんだ、と髪の先をくるっと指に巻きつけた。

「さっき鶴田さんに電話してたでしょ。どうだった？　怒ってた？」

「……まあ、ちょっとだけ」

ほんとうは、恩着せがましいことをたくさん言われた。でも、電話を切る前に「じゃああとで、空き地でね」と言ったのはツルちゃんのほうだった。

「あの子とフミ、やっぱり友だちなのかもね」

そうかもしれない、と思うから、わざと「けっこうムカつくことあるけど」と悪口を言ってみた。マキも「わたしは嫌いだけどね、あの子」と言って、でも、とつづけかけて、まあいいや、と笑った。

次の角を曲がって空き地の前の通りに出ると、キンモクセイの香りがふわっと鼻をくすぐった。今朝だ。今朝、あのキンモクセイの庭の花はいっせいに香りをたちのぼらせたのだ。学校から帰ったらすぐにお母さんに教えてあげよう。そう思うだけで、今日一日が楽しくなりそうな気がする。

空き地の前に立つツルちゃんが見えた。

マキはフミの話し相手をバトンタッチするみたいに、足を速めた。

遠ざかっていく背中を、フミは追いかけない。同じ歩調で歩きつづける。シールのなくなったランドセルは急に地味になってしまった。

でも、そのぶん、きれいなポニーテールだけをじっくり後ろから見ることができる。

キンモクセイの香りはどんどん濃くなってきて、むせかえるようだった。

その香りをまとって、マキのポニーテールは軽やかに揺れていた。

第三章

1

夕食の皿をテーブルに並べているとき、つい鼻歌が出た。めずらしいことだった。この家に引っ越してからは初めてだったかもしれない。

「ごきげんじゃない」

揚げ物を皿によそいながら、お母さんがからかうように言った。

フミは照れ笑いを浮かべた。恥ずかしい。歌を聞かれたことも、浮き立った気分を見透かされたことも。

でも、お母さんは「わかるわかる」とうなずいてくれた。フミも、ふだんなら真っ赤になった顔を上げられなくなるところなのに、意外と平気でいられた。恥ずかしさを脇(わき)に押しやってしまうぐらいに、とにかく今日はごきげんで、お母さんはちゃんとその理由を知っている。

「ねえフミちゃん、天気予報見た？」

「さっき、テレビでやってた」

「どうだった？　明日」

「雨だって、やっぱり」

今朝からの雨は、前線が居座っているせいで、このまましばらく降りつづきそうだった。

「残念だね。今夜のうちにパーッと降って、明日はあがるといいのに」

「でも、どうせ家の中で遊ぶから」

「家の中にいたって、外が晴れてるほうが気持ちいいじゃない」

お母さんはそういう性格だ。青く晴れわたった空を見ていると、それだけで「生きててよかった」という気になるのだという。

「てるてる坊主(ぼうず)つくってみれば？」

一瞬、胸がどきんとした。ふだんは思いだす機会のなかった――でも胸の奥にちゃんと残っていた記憶が、不意によみがえりそうになったのだ。

あわててそれに蓋(ふた)をしたフミは、「おねえちゃん呼んでくるね」とダイニングを出た。

二階のマキの部屋のドアには、〈立入禁止〉と書いた小さなプレートが掛かっている。小学六年生のマキではなく、四年生のフミの目の高さに、吸盤で取り付けてある。冗談だとわかっていても、ノックをする前にはいつもためらってしまう。お母さんもしょっちゅう「こんなの取っちゃいなさい」と怒っているが、マキは知らん顔をしたまま、はずそうとしない。

それでも今日のフミは、ドアの前に立つと間を置かずにノックすることができた。ノックの音も、軽く、はずむように響いた。

「おねえちゃん、晩ごはん」と声をかけると、返事なしでドアが開いて、むすっとした顔のマキが戸口に立った。

「あのさー、フミ。いちいち呼びに来なくていいから。七時になったら晩ごはん、わかってる、あんたに言われなくても、下りるから、そんなの勝手に」

順番がばらばらになった言葉が、とがった声になって、フミの体のあちこちにぶつかった。

「ごめん……」

「べつに怒ってるわけじゃないけど」――という声が、しっかり怒っている。

「ノックのことじゃなくて……明日のこと……」

「怒ってないよ、そっちも」

嘘だ。絶対に、ノックのことよりももっと怒っている。フミはもう一度念を押して謝ろうとしたが、マキは「うるさくしないいんだったら、べつにいいから」と言って、フミと戸口の隙間に割り込むように部屋を出た。

「あいさつとか、しないでいいでしょ」

階段を下りる前にフミを振り向いて言って、「向こうがあいさつしてきても、わたし、知らないひととはしゃべりたくないから」と早口につづけ、さっさと階下に向かった。

階段を一段下りるごとにポニーテールが揺れる。本人はたいして自慢には思っていない様子でも、癖っ毛のフミにとってはあこがれのマキのポニーテールは、きげんが悪いときのほうが大きく揺れる。

フミは、マキがダイニングに入ったのを確かめてから歩きだした。

最初はうつむいて階段を下りていたが、まあいいや、と顔を上げると、なんとか元気を取り戻すことができた。きょうだいになって三カ月、マキの無愛想な態度や言い方にはだいぶ慣れた。口で言うほど意地悪じゃないんだ、とも気づいていた。

それに、とにかく、今日のフミはごきげんなのだ。明日が楽しみでしかたないのだ。

前の学校の友だちが、明日の日曜日に遊びに来る。フミと仲良し四人組をつくっていた友だちが、全員——ユキちゃんとモモコちゃんとナッちゃんがそろって、会いに来てくれる。三人とも幼稚園の頃からの付き合いだ。

子どもたちだけで電車に乗って、乗り換えまでするのは、みんな初めてのことらしい。大冒険をして再会するなんて、アニメやマンガの主人公みたいだ。胸がわくわくする。

ダイニングに入ると、先にテーブルについていたマキが、背中を向けたまま言った。

「明日、玄関の傘立てに傘を入れさせないでよ。三本も増えたら入りきらないし、こっちの傘も傷んだら嫌だから」

お母さんは「そんなこと言わないの」と軽くにらんだが、マキは「だって、ほんとだもん」と言い返す。

フミは一瞬、間をおいて「はーい」と明るく笑って応えた。「だったらさあ、玄関の外に立てかけとけばいいよね？」とお母さんに訊くと、お母さんは「だいじょうぶだいじょうぶ、お父さんとお母さんの傘を外に出せば、傘立てに入るから」と言って、指でＯＫマークもつくってくれた。
マキは「いただきます」も言わずに、もう一人でごはんを食べはじめていた。

木曜日に確認の電話をかけてきたユキちゃんは「新しい学校のこと、たくさん教えてね」と言っていた。もちろんフミもそのつもりだった。みんなとお別れしたのが八月で、そこから九月、十月、そして十一月の昨日まで。その間のできごとをいろいろ思いだして、あれを話してあげよう、これも教えてあげたらウケるだろうな、と張り切っていた。
ユキちゃんは「新しいお母さんにも会えるんでしょ？　ぜーったい

に会わせてね」とも言った。そっちもだいじょうぶ。お母さんのほうもみんなと会うのを楽しみにしているし、オヤツにはお得意のシフォンケーキを焼いてくれることになっている。

ユキちゃんはさらに言った。

「あと、新しいおねえさんとも一緒に遊べたら遊びたいって、みんな言ってるから」

それが問題だった。

マキが遊んでくれるはずがない。にっこり笑って「いらっしゃい」とも言ってくれないだろう。昨日までは、マキは「フミの友だちが帰るまで、どこか遊びに行くから」と言っていて、フミもじつはほっとしていた。でも、マキは今日になって「もし明日も雨だったら、わたし、ウチにいるから」と言いだして、「だって自転車にも乗れないのに、わざわざ傘差して、なんでわたしが外に出てなくちゃいけないのよ」と急に怒りだして、そもそもは自分で決めたことなのに「追い出す権利なんてないでしょ、あんたには」とまで言った。

身勝手だ、と思う。でも、友だちを三人も家によぶ自分のほうがもっと身勝手なのかもしれない、という気もする。お父さんが家にいればマキとお母さんをドライブに連れ出すという手もあったが、あいにくお父さんは昨日から来週の月曜日までの予定で出張に出ていた。

せめて、ユキちゃんたちがあいさつをしたら笑い返すぐらいはしてほしい。

だいじょうぶだよ、口ではあんなこと言ってたけど、それくらいしてくれるよ、と期待する気持ちと、無理だよそんなの、とあきらめる気持ちが半分ずつ。最初の頃は百パーセントあきらめるしかなかったんだから、だいぶ仲良くなれたんだよ、と思う気持ちと、三カ月たってもまだ百パーセント期待できないなんて、ちっとも仲良しになってないよ、と思う気持ちも、半分ずつだった。

ベッドに入っても、雨の音が耳についてなかなか寝付かれない。この様子なら、天気予報どおり、明日も一日中雨になるのだろう。てるてる坊主、やっぱりつくってみようかな——。

ふと思い、ベッドの上で体を起こしかけたが、あくびのようなため息をついて、また横になった。

てるてる坊主には思い出がある。何年前の何月何日というのではない、小学二年生の夏に亡くなったお母さんの思い出だった。

もともと心臓と腎臓の具合が悪かったお母さんは、フミがものごころついた頃からずっと入退院を繰り返していた。

入院中は、お父さんやおばあちゃんに連れられてお見舞いに通った。お母さんもフミと会うのをいちばんの楽しみにしてくれていた。でも、病室に入ってくるフミを迎えたときの最初の言葉はいつも、「ありがとう」ではなく「ごめんね」だった。幼い頃はお母さんが謝るのが不思議だったフミも、四年生のいまは、そのときのお母さんの気持ちがわかる。

お母さんは、フミがお見舞いに来る日やその前日に雨が降ると、てるてる坊主をつくって病室の窓に吊(つる)していた。

雨の中をお見舞いに来るのは大変だから、天気が良くなるように祈ってくれていたんだ、と昔は思っていた。でも、お母さんが亡くなったあとで、お父さんが教えてくれた。

お母さんは、お見舞いを終えて病院の門まで歩くフミを、病室の窓からいつも見送っていた。顔を見てしまうと悲しくなるから、フミにこっちを振り向かせないよう、お父さんに頼んでいたのだという。そのときにフミが傘を差していると、後ろ姿が見えなくなってしまう。だから、せめてフミが帰るときには雨があがっていてほしい。そんな祈りを込めて、てるてる坊主をつくっていたのだという。

ティッシュペーパーを丸めて輪ゴムで縛っただけのてるてる坊主は、

変わった形をしていたわけではない。顔のところに目や鼻が描いてあったかどうかも覚えていない。でも、それは、フミにとっては特別なてるてる坊主になった。

もっと早く、お母さんの生きているうちに教えてほしかった。フミは泣きながらお父さんを責めた。お父さんも涙ぐんで、ごめん、ごめん、ほんとうにごめん、と謝った。お母さんのつくったてるてる坊主は、手元には残っていない。もう二度と見ることも触ることもできない。もちろん、それを真似ることは誰にも――いまのお母さんにさえ、できない。

今日、いまのお母さんは雨の中を花屋に出かけて、亡くなったお母さんの写真にクリスマスローズを飾ってくれた。

「明日来るお友だち、前のお母さんのこともよく知ってるんでしょ？　ウチに来たら、最初に会ってもらってね」

それがうれしいのと、うれしくないのと——境目がぎざぎざになって、やっぱり半分ずつだった。

2

雨は日曜日の朝になってもやまなかった。

「明日も雨なんだって」

お母さんはうんざりした顔で外を見て、「体育、跳び箱だね」とフミに言った。

フミも、あーあ、とため息をついた。月曜日の体育の授業は、天気が良ければグラウンドでサッカーをすることになっている。雨なら体育館で跳び箱。もともと体育は苦手だが、その中でも特に苦手で、特に大嫌いなのが、跳び箱だった。

「ま、明日のことは明日になってから考えればいいか。意外と晴れるかもしれないし」

ねっ、とお母さんは笑う。うん、とフミもうなずき返す。

先のことをあれこれ心配してもしかたないし、すんだことをくよくよ悔やむのはもっと意味がない。お母さんはしょっちゅう、そう言う。大事なのは「いま」なんだからね、と笑う。マキが「そんなの、なんにも考えずに生きてるってことじゃん」と言っても、ちっとも気にしない。「おとなになったらわかるの。人生ってのは、そういうものなの」とすまし顔で言って、フミのほうを見て「お母さんの言うこと、信じててね」と、いたずらっぽくウインクをする。

ほんとうに人生とはそういうものなのかどうか、フミにはよくわからない。ただ、お母さんはわたしとおねえちゃんのためにそう言っているのかもしれない、という気はする。大事なのは「いま」――だから、もっとおねえちゃんと仲良くなりたいな、といつも思う。

ユキちゃんたちとの約束の時間に合わせて、お昼過ぎに家を出て、駅に向かった。

駅までは徒歩とバス。一人でバスに乗るのは初めてだった。お母さんは「バス停まで一緒に行って、乗るところまで見ててあげようか？」と言ってくれたが、断った。バス停までの道順は簡単だし、バスの乗り方やお金の払い方も覚えているし、みんなが冒険の旅をして来るのだから、自分も少しはがんばってみたい。

マキはリビングでテレビを観ていた。やっぱり外に出かけるつもりはなさそうだった。

考えてみると、マキが休みの日に誰かと遊びに行くという話は一度も聞いたことがなかった。「ちょっと出てくる」「買い物してくる」「適当に遊んでくる」と言って出かけることはあっても、「誰と」がない。学校で見かけるときも、いつも一人で歩いている。

でも、マキに寂しがっている様子はない。友だちをつくる気なんてまったくなさそうだった。

おねえちゃんはひとりぼっちに強いから寂しくないんだ、とお母さんは言っていた。確かにそうなんだろうな、と認めるしかない。

それでも、心の片隅で思う。

ひとりぼっちに強いことと、ひとりぼっちが好きだということは、違う。

「わたしだって、前のお母さんが入院してるときは留守番が得意だったけど、ぜんぜん好きじゃなかったもん」

いつか言ってみたいと思いながら、まだ言えずにいる。

改札の前でユキちゃんたちを迎えた。

おーい、やっほー、ひさしぶりー、と手を振って小走りに改札を抜けてきたのは、ユキちゃんとモモコちゃんの二人だった。

「あれ？　ナッちゃんは？」

フミが訊くと、二人は顔を見合わせて、目配せをした。どっちが説明するか押しつけ合っているような気配だった。

「風邪ひいちゃったの？」

「そういうわけじゃないけど……」とユキちゃんが言った。

「あ、わかった、やっぱりお母さんに子どもだけで電車に乗っちゃいけないって言われたんでしょ」

「じゃなくて……」とモモコちゃんが言った。

「どうしたの？」

二人はまた顔を見合わせ、小さくうなずき合ってから、かわるがわる言った。

「あのね、ナッちゃんなんだけど」「っていうか、ナッコ、ナッコでいい」「ナッコ、サイテーだから」「絶交したから」「いま、あいつのこと無視してるの、わたしたち」「言っとくけど、こっちが悪いんじゃないからね」「ちょーわがままなんだもん」「もう限界だよね」「はっきり言って、ウチら、ずっと我慢してたんだから」「だから今日も、あんたは来ないでって言ってやったの」「もし来てもダッシュで逃げちゃうけどねーっ」「だよねーっ」……。

木曜日の電話では、ユキちゃんはなにも言っていなかった。

「だって、絶交したの金曜日だもん」

ユキちゃんはケロッとした顔で言って、「でも、その前からむかついてたけどね」と付け加えた。

「ひょっとして、人数減ったの言わないとまずかった?」

モモコちゃんが心配そうに訊いてきた。

フミは黙って首を横に振った。人数が急に増えてしまうならともかく、減るぶんには特に問題はないし、そんなのはどうでもいい。わくわくしてふくらんでいた胸がしぼんだ。針が刺さって割れるのではなく、どこかに穴が空いて空気が漏れてしまうように、楽しかった気持ちが外に流れて出ていくのがわかる。

その穴を、なんとかふさいで、「じゃあ、ウチに行こうか」と笑って言った。

二人も笑い返して、電車の乗り換えを間違えそうになったことや、電車の中に昼間から酔っぱらっているおじさんがいたことを話してくれた。

「思ってたより大きな町だね」とユキちゃんが言った。「わたし、もっと田舎だと思ってたけど、駅も大きいじゃん」

あたりまえだよ、だってここは急行も停まるけど、あっちの駅は各駅停車しか停まらないんだから。言いたい言葉を呑み込んで、えへへっ、と笑った。

「フミちゃん、全然変わってないね」とモモコちゃんが言った。「髪の毛もやっぱり、ピョコンって、はねてるし」

でも、いまは髪を伸ばしてるんだよ、ポニーテールにできるまで長くしようと思ってるんだから。教えてあげようかと思ったが、なんだか億劫になって、やめた。

胸にはまだ、ふさぎきれなかった小さな穴が残っているようだった。空気が漏れる音は聞き取れなくても、気づいたときにはぺしゃんこになっている、そんな小さな穴だ。

傘を差して駅前のバスターミナルに向かった。お互いの傘が邪魔になって、くっついて歩けない。傘に当たる雨音にまぎれて、おしゃべりする声もときどき聞き逃してしまう。

雨脚は強くなかったが、肌寒い。十月までとは違う、秋の終わりの冷たい雨だった。傘を持つ手の甲がかじかんで、自然と背中を丸めた姿勢になる。

やっぱり、ゆうべのうちにてるてる坊主(ぼうず)をつくっておけばよかった。

いまになって悔やんだ。

それでも、バスの中でおしゃべりしているうちに、少しずつ元気が戻ってきた。もともと気の合う友だち同士だ。最初はまだ微妙な緊張があったが、バスを降りて家の近所まで来た頃には、まるで昨日もこうして三人で歩いていたような気にもなった。

だから逆に、ナッちゃんに会えないことが寂しい。昨日のうちに仲直りしてくれればよかったのに。四人で遊んでいた頃もケンカはしょっちゅうだった。でも、いつもすぐに仲直りしていた。「ごめんね」を特に言わなくても、なんとなく、いつのまにか、また一緒に遊んでいる。二日も三日も無視をつづけるなんて想像もできない。

わたしがいれば――。

ふと思う。転校する前も、お互い負けん気の強いユキちゃんとナッちゃんがぶつかったときには、フミが間に立って、まあまあ、となだめることが多かった。

モモコちゃんには、その役目は難しい。先に文句を聞いたほうの味方にすぐになってしまう。いまのケンカも、もしも先にナッちゃんがモモコちゃんを味方につけていたら、今日ここに来るのはモモコちゃんとナッちゃんのコンビだったかもしれない。

そもそも四人でいるときには、なにをやっても二対二でうまく分かれられた。三人になったから、バランスがくずれてしまった。

わたしがいなくなったから――。

責任は少し感じる。でも、しかたないことだと思う。それよりも、わたしがいないとだめなんだな、と思い直すと、困っているのに頬がゆるんでしまう。

誰か新しい子をグループに入れれば、また四人組になれる。でも、二人の話の様子では、フミが転校してしまったあとはずっと三人組で遊んでいたらしい。それが、ちょっとうれしい。

家が通りの先に見えてきた。フミは、べつにどうでもいいんだけど、という声をつくって言った。

「でもさー、もう、クラスのみんなもわたしのことなんて忘れてるよねー」

「そんなことないよ」とユキちゃんがすぐに言ってくれた。

「そうそうそう、フミちゃんがいないと寂しいね、ってみんな言ってるし」とモモコちゃんも教えてくれた。

ほっとしたのと同じくらい、転校したくなかったな、と悲しくなった。傘を持っていないほうの手を、おかっぱの髪の先にやった。くるん、と外にはねたところを指でつまんで伸ばした。

「あ、なつかしーい。そういう癖って、ぜんぜん変わってないね」

ユキちゃんがうれしそうに言った。モモコちゃんも、ほんとほんと、と笑ってうなずいた。いまの学校でその癖に気づいている子は、たぶん、誰もいない。

3

お母さんはユキちゃんたちを最初に、前のお母さんの写真がある和室に通した。

「お仏壇じゃないからお線香はないけど、あいさつだけでもしてね」

二人は緊張気味にうなずくだけだったが、お母さんがキッチンに立つと、ユキちゃんが声をひそめてフミに訊いてきた。

「仏壇、前のマンションにはあったよね。捨てちゃったの？」

違う違う、とフミは苦笑交じりに首を横に振って、「いまはお母さんの田舎にあるの」と教えてあげた。

「なんで？」

「……って？」

「新しいお母さんが追い出しちゃったの？」

違う違う違う、と今度は笑い抜きで首を強く横に振った。

「おじいちゃんとおばあちゃんが、お父さんと相談して、そうしたんだって」

「そっか……そうだよね、やっぱり邪魔になっちゃうもんね、もう」

ユキちゃんは納得顔でうなずいた。違うよ、そうじゃなくて、とフミは思ったが、うまく説明する自信がなかったので、黙ったままにしておいた。

「まま母っていうことだよね、今度のお母さん」とモモコちゃんが言った。「いじめられたりとかしてない？」

心配してくれているんだとわかるから、フミも笑って「シンデレラじゃないんだから」と返した。

「でも、なんか、なつかしいね。フミちゃんのお母さん、こういう顔してたもんね」

ユキちゃんがしみじみと言うと、モモコちゃんも「優しかったよねー」とうなずいた。

キッチンから「ケーキ切ったわよお」とお母さんが呼んだ。

いまのお母さんだって優しいんだよ——。

喉元(のどもと)まで出かかったフミの言葉は、タイミングを逃して、結局言えなかった。

お母さん得意のシフォンケーキは、いつもどおりおいしかった。甘いものが好きなモモコちゃんは大きく切ったピースをお代わりしたほどだったし、ユキちゃんも「ケーキ屋さんのよりおいしい」と言ってくれた。

お母さんもごきげんだった。ふだん以上に陽気に、冗談をたくさん言って、初対面とは思えないほど二人に親しく話しかけた。三人の予定が二人になったことも「ナッちゃんは風邪ひいたんだって」とフミが言うと、あっさり信じてくれた。

マキは、二階の自分の部屋にこもっていた。お母さんも「おねえちゃんのケーキはあとでね」と、無理に呼んだりはしなかった。

ユキちゃんとモモコちゃんがマキに会いたがっているのは、よくわかる。わかりすぎる。会うというより見てみたいのだ。一緒に遊びたいのではなく、新しくできたおねえさんがどんなひとなのか、ただ知りたいだけ。マキもすぐに気づくだろう。ムッとするだろう。それでもあいさつぐらいは愛想良くしてくれるかどうか……やっぱり無理だろうなあ、とあきらめた。

ケーキを食べ終えると、二階のフミの部屋で遊ぶことになった。階段を上りながら、ユキちゃんが「おねえさんの部屋も二階にあるの？」と言った。声が大きすぎる。マキにも聞こえてしまったかもしれない。ひやっとして、あせってしまう。「おねえさんにも会ってみたいよね」「どんなひとなんだろうね」――ちょっと黙っててほしい。

階段を上りきった。マキの部屋のドアは閉まっていた。〈立入禁止〉のプレートに気づいたユキちゃんとモモコちゃんは、そろってなんとも言えない顔になって、フミを振り向いた。

とっさに「部屋で友だちと遊ぶねー」とドア越しに声をかけた。返事がなければそれでいい。「いいよー」と応えてくれれば、もっといい。でも、返ってきたのは、「好きにすれば？」という面倒くさそうな声だけだった。

廊下ではさすがに黙っていた二人も、フミの部屋に入ると、「おねえさんと仲悪いの？」「いじめられてるの？」と勢い込んで訊いてきた。

「違う違う、そんなことないよ」

首を横に振って打ち消しても、さっきお母さんをかばったときとは声やしぐさの勢いがぜんぜん違っていた。

「おねえさんって六年生なんでしょ？　やっぱり怖いよね、六年って。ウチらもそうだもん。六年の女子が集団で向こうから歩いてきたら、下向いちゃうもん」

学年が上だから怖い、というのとは少し違う。でも、マキの話をこれ以上つづけたくはなかった。

「シフォンケーキ、おいしかったでしょ」

話題を変えると、二人もすぐに「うん、サイコーだった」「しっとりしてるのに、ふわふわしてるんだよね」と乗ってきてくれた。

「新しいお母さん、思ってたより優しいひとなんだね」

モモコちゃんが言った。「思ってたより」のところがちょっと気になったが、フミも、まあね、と笑ってうなずいた。

「でも、わたしは前のお母さんのほうが好きだなあ……」

ユキちゃんが言った。遠くを見て、なつかしそうな顔になっていたから、本気なのだろう。

「ごめん、今度のお母さんもすごく優しくて、いいひとだと思うけど、前のお母さんってほんとうにめちゃくちゃ優しかったし、死んじゃったとき、わたしまで泣いちゃったもんね」

「うん……」

確かにそうだった。お母さんの告別式にはユキちゃんやモモコちゃんやナッちゃんも、それぞれの両親と一緒に参列して、三人ともしくしく泣いていた。

「それにさー、たとえ死んじゃっても、ほんとうのお母さんなんだもんね、フミちゃんにとっては」

それも確かにそう。ほんの七年間しか親子ではいられなくても、フミがお母さんの娘だというのは永遠だった。

「わたしとかモモコちゃんは昔のこと知ってるんだからさ、ウチらが応援してあげないと、お母さん、かわいそうじゃん」

「応援」も「かわいそう」も、ほんとうはなにか違う気がする。でも、亡くなったお母さんのことをそうやってほめてくれるのは、やっぱり、うれしい。

「それで、どう？　新しい学校、もう慣れたでしょ？　面白い？」

ユキちゃんに訊かれた。「東小とどっちがいい？」——東小学校というのが、前の学校の名前だった。

「東小のほうがいいよ、ぜんぜん」

言おうと決めていたわけではない言葉が、すうっと、なにかにつられたように出てしまった。

二つの学校は、同じ「小学校」といっても、いろいろなことが違う。使っている教科書も違うし、校則も違う。東小では運動会は十月だったが、いまの学校では五月のうちにすませていたので、かけっこの遅いフミにとっては転校して助かった。でも、東小では音楽の授業のときにたまに使うだけだった鍵盤ハーモニカに、いまの学校は全校で合奏大会を開くほど熱心に取り組んでいて、フミは放課後に居残りで練習をしても、なかなかみんなには追いつけない。学校ぜんたいの規模は東小のほうが大きかったが、クラスの人数はいまの学校のほうが多い。授業中の私語には東小の吉田先生はやたらと厳しかったが、いまのクラス担任の細川先生は、むしろ給食の好き嫌いのほうに口うるさい。

　ただ、どっちのほうがいいか、という比べ方はしたことがない。どっちの学校にも、いいところがあるし、悪いところもある。そんなのはあたりまえだと思っていたし、勝ち負けなどは考えても意味がないことだとも思っていた。

　ところが、「東小のほうがいいよ」と口にしてしまうと、それがなにかの合図になったみたいに、東小の楽しかった思い出が次から次へとよみがえってきた。

　逆に、ユキちゃんたちに「今度の学校ってどんな感じなの？　教えて」とうながされて話すいまの学校での毎日は、愚痴や文句ばかりになってしまった。ユキちゃんたちも「えーっ、マジ？　ひどくない？」「そんなのありえないでしょ」とフミに同情して大げさに驚き、それでまた悪口にはずみがついてしまう。

しゃべりながら戸惑っていた。こんな話をするはずじゃなかったのに、とあせってもいた。

確かに二つの学校を比べると、東小のほうになじみがある。でも、それはまだこっちの学校に来てから三カ月しかたっていないからだ。

わかっているのに、止まらない。

「転校して損しちゃった、って感じだね」

ユキちゃんが言うと、ほんと、そうなんだよね、と眉(まゆ)をひそめてうなずいてしまった。

「っていうか、ウチらの学校がすごい天国だったってことなんじゃない？」

モモコちゃんが言った。実際にはそんなはずはないのに、そうかも、と思ってしまった。

もう悪口は言いたくない。話を変えたい。ユキちゃんたちはまだ新しい学校のことをくわしく知りたがっていたが、それをさえぎって、東小のことを尋ねた。

クラスのみんなは一学期と変わらず元気にやっているらしい。二学期になって、昼休みの遊びは新しいゲームが流行（はや）っているのだという。十月の運動会では応援合戦で盛り上がって、いまは来週の日曜日に開かれるバザーの準備に忙しい。

「あ、そうだ、フミちゃんも遊びにおいでよ。四年生からはお店出せるんだから」

ユキちゃんが誘ってくれた。モモコちゃんも「たくさん買ってくださいねーっ」と甘えた声で笑った。

毎年十一月の第三日曜日には、ＰＴＡ主催のバザーが体育館を会場にして開かれる。それぞれの家から不要品を持ち寄って、お客さんに安い値段で買ってもらった売り上げを学区内の福祉施設に寄付するのだ。主役は保護者と先生だったが、四年生以上はクラスごとに売り場を担当することになっていて、転校する前のフミもそれを楽しみにしていた。

「わたしも行っていいの？」

「だってお客さんは参加自由だから、誰が来たっていいんだもん」

「そっか……」

「お客さん」なのだ、確かに、もう。

「おいでよ、マジ。みんなもびっくりして、喜ぶから」

じゃあ行ってみようかなあ、とうなずきかけたとき、階下から電話の鳴る音が聞こえ、お母さんに呼ばれた。

「フミちゃん、ツルちゃんから電話よお」

ユキちゃんとモモコちゃんは怪訝（けげん）そうな顔でフミを見た。

「同じクラスの子」

フミは顔をしかめて立ち上がる。「なんなんだろうなあ……」と口をとがらせ、二人を振り向いたときには笑顔に戻って「ちょっと待っててね」と言った。

「友だち？」

ユキちゃんに訊かれた。

「うん、まあ……」とうなずくまでに少し間が空いた。

「嫌いな子なんじゃないの？」

「え？」

「だってほら、いま、うげーっていう顔してたじゃん」

ねっ、そうだったよね、とユキちゃんに言われたモモコちゃんも迷わずうなずいた。

「……すぐ戻ってくるから」

フミは二人から目をそらして言って、そのまま、逃げるように部屋を出た。

4

「今日、暇?」

ツルちゃんに訊(き)かれた。

「雨だから外で遊べなくてつまんないし、いまからフミちゃんちに遊びに行っていい?」

胸がどきんとした。なぜかはわからないが、電話で話す口元を隠したくて、片づけものをしているお母さんに背中を向けた。

「ごめん……ちょっと、いま……」

「ウチに来てもいいけど」

「……いま、友だちが来てるから」

「え、誰？　誰？　一組の子だよね？」

「前の学校の……」

「前って、こっちに引っ越してくる前の？」

「そう……」

声はどんどん細くなってしまう。

でも、ツルちゃんは「へえーっ、わざわざ遊びに来てくれたんだあ。すごいね、うれしいよね、そういうのって」と声をはずませて、自分のことのように喜んでくれた。

ツルちゃんはそういう子だ。ちょっとおせっかいすぎるところはあっても、親切で、世話好きで、優しい。だからやっぱり友だちなのに、絶対に友だちなのに、と思うと、背中がどんどん丸まってしまう。

「前の学校の友だちって、どんな子なの？　わたし、会ってみたいなあ。だめ？　友だちの友だちって、友だちになれるでしょ？　わたしも別の学校の友だちつくりたいと思ってたし……ねえ、遊びに行っていい？　すぐ帰るから、ちょっとだけだから」

胸が、今度は締めつけられた。ごめん、また明日ね、と言って、ツルちゃんの返事を待たずに電話を切った。かすれてしまった声は、ちゃんと届いたかどうか自信はなかった。受話器を置いたあと、心の中でずっと「ごめん」を繰り返していたことも、もちろん、ツルちゃんには伝わらないんだとわかっていた。

二階の部屋に戻ると、ユキちゃんがさっそく「なんだったの？」と訊いてきた。

ツルちゃんが遊びに来たがっていることを教えたら、ユキちゃんはどう言うだろう。ユキちゃんは誰とでも仲良くなれる性格だし、好奇心も旺盛(おうせい)だから、あっさり「いいよ」と答えるかもしれない。モモコちゃんもユキちゃんが「いい」と言うなら反対はしないはずだ。二人がツルちゃんと会ったら、意外と気が合うかもしれない。

「たいした用じゃなかった」

フミは頬をふくらませて言った。「あーあ、せっかく盛り上がってたのに邪魔されちゃった」とも付け加えて、床に座るなり、おしゃべりのつづきを始めた。

東小の思い出を、浮かんでくるまま、次々に話した。楽しいことしか浮かんでこない。自分でもびっくりするほどよく覚えている。最初はユキちゃんたちも「そういえば、こんなこともあったよね」とキャッチボールのように思い出話をやり取りしていたが、やがて、フミが一人でしゃべりつづけるようになった。

少しずつ気分が良くなってきた。あの頃は楽しかったなあ、幸せだったんだなあ、とあらためて思う。声も大きくなって、笑いだすとなかなか止まらなくなってきた。それでも、まだ足りない。もっと楽しくなりたい。

ほんとうは途中から気づいていた。思い出話に、ところどころ嘘(うそ)が交じっている。

実際にはそれほど楽しくなかったできごとも、言わなかった台詞(せりふ)を加え、やらなかった行動を足していくと、最高の思い出になる。ユキちゃんたちが「そうだったっけ？」「えーっ、覚えてないなあ、それは」と首をひねることが増えてきたのにも、ちゃんと気づいていた。

話す声はどんどん大きくなり、笑う声は甲高くなっていく。

ドアが乱暴にノックされた。

「うっさい！」

マキの怒った声が廊下から聞こえた。

その瞬間、なにかの魔法が解けてしまったみたいに、フミの顔から笑いが消えた。あわててドアを細く開けるしぐさは、おどおどした気弱なものになってしまった。

マキはひと声怒鳴っただけでは気がすまないのだろう、まだドアの前に立っていた。目が合うと、怖い顔でにらまれた。

「……うるさくしちゃって、ごめん」

首を縮めて言うフミの足元を、ゴエモン二世がすっと通り抜けて、部屋に入った。

「それだけ？」

マキはフミをにらんだまま訊いた。

「……しゃべるのもうるさかったし、笑うのもうるさかったから、ごめん」

ユキちゃんたちの視線を背中に感じながら、泣きだしそうな思いで言った。

マキは、そうじゃなくて、とため息をついて、フミの耳元に口を寄せた。

「サイテー」

小声で言って、外からドアを閉めた。

フミの顔は真っ赤になってしまった。ぜんぶ聞かれた。嘘もぜんぶ——マキは東小の頃のことはなにも知らないはずでも、ばれてしまったんだ、と思った。

ゴエモン二世はひとなつっこくユキちゃんたちに近寄っていき、二人も大喜びしてゴエモン二世をかまいはじめた。

助かった。ゴエモン二世がいなければ、しばらく二人を振り向けないところだった。顔が真っ赤になっただけでなく、目には涙まで浮かんでいたから。

ユキちゃんもモモコちゃんも、マキのことには触れずに、でも東小の思い出話にも戻らず、話題を「かわいいね、この猫」「こっちに来てから飼いはじめたんでしょ？」とゴエモン二世のことに変えた。

「でも、なんで『二世』ってつけたの？」

モモコちゃんが不思議そうに訊くと、フミが答える前に、ユキちゃんが「思いだした、猫、いたよね、フミちゃんち」と言った。

「うん、ゴエモンっていう猫」

「そうだそうだ、一年生の頃にいたでしょ、わたし覚えてる」

モモコちゃんはもう忘れてしまったようで、「そうだったっけかなあ……」と首をひねっていたが、ユキちゃんはゴエモンの毛の色や模様まで覚えていた。

「おじいちゃんだったけど、目が大きくて、賢そうだった」

「うん……」

「こんなこと言ったらアレだけど、この子よりかわいかったよね」

胸が、どきんとした。さっきツルちゃんと電話で話したときと同じように。

「それはさ、この子もかわいいよ、かわいいけど、ゴエモンには負けちゃう気がしない？」

そんなことない、と言いたかった。でも、確かに、ゴエモンのほうが毛並みも顔立ちも上品そうだった、と思う。

「ま、どっちが勝ってるとか負けてるとか、そんなの関係ないんだけどね」

ねーっ、あんたはあんただもんねーっ、とユキちゃんはゴエモン二世の頭の後ろを軽く撫(な)でたが、ゴエモン二世は、それを嫌がるように身をよじって、ユキちゃんのそばから離れてしまった。フミのほうを向いた。目が合った。部屋が薄暗いせいか、瞳(ひとみ)がまるくなっていた。まっすぐにフミを見つめた。猫に人間の言葉はわかるはずがない。猫が人間の言葉を話せるわけがない。ゴエモン二世は、おなかが空(す)いておやつをねだるときと変わらない顔で、ただじっとフミを見つめるだけだった。

胸が締めつけられた。これも、さっきツルちゃんと話したときと同じだった。

フミは黙って立ち上がり、ドアを開けた。ゴエモン二世は、カギのように曲がったしっぽを軽く左右に振りながら外に出た。

「ね、トランプしようか」

フミは二人に言った。もうおしゃべりはしたくなかった。


夕方になって、ユキちゃんたちをバス停まで送っていった。トランプを始めてからはそっちに夢中になって、東小の話もいまの学校の話もほとんどしなかった。

でも、バス停が近づいてくると、トランプをしただけで別れるのが、なんだか急に物足りなくなってしまった。

「来週のバザー、行ってみようかな、ほんとに」

つぶやくように言うと、ユキちゃんもモモコちゃんも「そうだよ、おいでよ」「みんなも喜ぶから」と言ってくれた。

フミが転校してしまったのをみんな寂しがっている、と家に来るときに二人は言っていた。どんなふうに寂しがっているのか教えてほしかったが、タイミングがうまく合わずに訊きそびれたままになっていた。

いまから訊いてみようかと思っても、やっぱり、なにかきっかけがないと……と尻込(しりご)みしてしまう。代わりに、バザーに行ったらナッちゃんにも会えるんだな、と気づいた。でも、いまのままだと、せっかく行ってもナッちゃんとは話せないかもしれない。

「ナッちゃんとまだ仲直りしないの？」

軽い気持ちで訊いたのに、ユキちゃんは見るからにムッとして「あったりまえっ、永遠に無視だよ、あんなの」と言い捨てた。

それは間に立って仲直りさせる子がいないからだよ、と思う。わたしなら、できる、という自信もある。

「ねえ、わたしがナッちゃんに電話して、うまく言ってみようか？」

転校する前は、しょっちゅうやっていた。

でも、ユキちゃんは「よけいなことしなくていいから」と、とりつく島もない。

「だって……」

「フミちゃんはもう関係ないんだから、ほっといて」

ナッちゃんの話をするだけでも腹が立つのか、ユキちゃんは急に足早になって、舗道の水たまりを乱暴に踏みつけてしぶきを上げた。

「ただいまーっ」と無理に元気な声を張り上げて、玄関のドアを開けた。「ケーキまだ残ってる？　おなか空いちゃった」と無理に子どもっぽい小走りをしてリビングに入った。

お母さんは、笑顔で「お帰り」と迎えてくれた。にこにこと笑うだけでなく、なにか、いたずらっぽい気配も漂っていた。

「フミちゃん、これ見て」

庭に面した大きな窓を指差した。

カーテンレールの端に、てるてる坊主（ぼうず）がぶら下がっていた。

「明日は晴れて、跳び箱をやらずにすみますように……って、つくったの」

お母さんのてるてる坊主は、亡くなったお母さんがつくっていたのと同じように、ティッシュペーパーでできていた。

顔のところにサインペンで目と口が描いてある。

黒い丸が二つ――それが、目。

「U」の字を横に広げたような線が一本――それが、口。

思いだした。亡くなったお母さんも、そんなふうにてるてる坊主の顔を描いていた。

同じだった。まったく同じだから、まったく違う。まったく違っているから、どっちが勝っているのか、考えたくない。

「まだけっこう降ってるから、一つじゃ足りないかもね。いまから一緒につくってみる？」

フミはてるてる坊主からもお母さんからも顔をそむけて、「いらない」と言った。

「……一つでいい？」

「てるてる坊主、やめて」

「え？」

「いいからやめて！　捨てて！　こんなの捨てて！」

窓に向かってジャンプした。届かないのはわかっていても、手を伸ばして、てるてる坊主をむしり取りたかった。

何度目かで、窓に肘がぶつかった。痛みはなかったが、うずくまって肘をさすっているうちに、涙が目からぽろぽろとあふれてきた。

5

雨は結局、火曜日の朝まで降りつづいた。

てるてる坊主の効き目がなかった——のかどうかは、わからない。日曜日の夕方、泣きやんだフミが顔を上げると、てるてる坊主はカーテンレールからはずされて、お母さんはキッチンで夕食のしたくに取りかかっていた。

黙って二階に上がるフミに、お母さんは声をかけなかった。その後もずっと、泣きだした理由もてるてる坊主を嫌がった理由も、訊かなかった。フミもなにも話さないまま、まるでそこだけがすぽんと抜け落ちてしまったみたいに、翌週は過ぎていった。

ただ、月曜日の夜、もう日付が火曜日に変わりかけた頃、リビングの話し声が、二階で寝ていたフミにかすかに聞こえた。出張から帰ってきたばかりのお父さんが、お母さんと話をしていた。話の内容は聞き取れなかったし、お母さんがすすり泣いているような気もしたが、それは雨の音を聞き間違えただけなのかもしれない。

さらに夜が更けて、フミが寝付いた頃、部屋のドアがそっと開いた。お父さんとお母さんが並んで戸口に立って、フミを見ていた。よく寝てるな、とつぶやいたお父さんは、のんびりやればいいんだよ、とお母さんに笑いながら言って、ドアを静かに閉めた。でも、それもすべてが夢の中のできごとだったのかもしれない、と朝になって思った。

マキはあいかわらず無愛想でそっけない。でも、日曜日の「サイテー」のことは蒸し返してこなかった。お父さんやお母さんに告げ口した様子もない。てるてる坊主の騒ぎも、気づいていないはずはないのに、なにも言わない。

ほっとした気持ちは少ししかなかった。マキはお父さんとはふつうに話す。お母さんとも、もちろん、ふつうに接している。突き放すような態度をとるのはフミに対してだけだったから、黙ったままでいるのも「サイテー」なことをした罰のうちなのかもしれないと思うと、泣きたくなってしまう。

ツルちゃんが電話のことを気にしていなかったのは、たった一つの救いだった。

でも、「やっぱりフミちゃん、前の学校の友だちが忘れられないんだね」と小さなトゲのあることを言われた。

「だって、夏まで一緒だったんだから、忘れるわけないよ。忘れるほうがおかしいじゃん」

フミが言うと、そりゃそうだ、とおばさんみたいな言い方をして笑う。

「わたし、転校したことないからよくわからないんだけど、前の学校ってなつかしいものなの?」

「うん、まあね……」

「でも、ウチの学校のほうがいいでしょ」

自信たっぷりに、というより、当然のことのように言うものだから、フミも肩の力が抜けて、笑ってうなずくことができた。

週の後半は、また天気がくずれてきた。一日中暗い色の雲がたれ込めていた木曜日はなんとか天気がもったが、金曜日の夕方から雨になった。前の週よりもさらに冷たい雨だった。

雨は土曜日も降りつづき、強い北風も加わって大荒れの天気になった夜、フミは東小のバザーのことをようやく切り出した。

「次の日曜日って、明日のこと？」

お母さんはまず、急な話に驚いた。ユキちゃんたちに誘われていたんだと言うと、「だったら、すぐに言ってくれればいいのに」と少し困った顔にもなった。

「行くかどうか迷ってたから……ごめん」

嘘をついた。フミも月曜日からずっと、タイミングをうかがっていたのだ。それをうまく見つけられないまま、土曜日の夕食どきまで来てしまった。

でも、それも、フミにしかわからない嘘だった。お父さんもマキもそばにいないときはたくさんあった。一人でいるお母さんはちっとも不機嫌そうではなかったし、お母さんのほうから「今日は学校どうだった?」と訊いてくるときも何度もあった。話を切り出すのは簡単だった。どうしても行きたいから、と言えば許してもらえるだろう、とも思っていた。でも、簡単だから逆に、言葉が喉の奥につっかえたまま出てこなかった。最後の最後は反対されないとわかっているから、言いたいことを呑み込んだ笑顔でうなずくお母さんが思い浮かんで、なにも言えなくなってしまったのだ。

「先週友だちと会ったばかりなんだろ？」

お父さんは顔をしかめて、「また今度でいいんじゃないか？」と言った。

「でも、バザーは明日しかないもん」

「だから……べつにバザーに行かなくても、別の日にすればいいだろ。明日も雨なんだし、そんな遠くまで、わざわざ行くことないと思うけどなあ、お父さんは」

雨だから、ではない。遠くだから、でもない。ユキちゃんたちと会ったばかりだから、でもない。

お父さんが顔をしかめるほんとうの理由は、フミにもわかる。お父さんは、お母さんの代わりに——お母さんのために反対しているんだろうな、とも思う。

「でも、行くって言っちゃったから」

「違うだろ、さっきはずっと迷ってたって言ってたじゃないか」

お父さんはいっそうムッとした顔と声になって、「とにかくだめだからな、だめだめっ」と話を打ち切ろうとした。

「みんな待ってるの、わたしが来るのを」

フミは食い下がる。マキがこっちを見ている。目が合ったら言葉の勢いが止まってしまうから、気づかないふりをしてつづけた。

「わたしが転校しちゃって、みんな寂しがってるって、ユキちゃんが言ってたし」

お父さんは一瞬あきれたような苦笑いを浮かべ、「あのな、フミ、フミの気持ちもわかるけど、そういうのって、あんまり真に受けないほうが……」と言いかけた。

それをさえぎったのは、お母さんだった。

「そうよね、みんな待ってるんだもんね、行ってあげなきゃね」

にっこり笑って、お父さんに目配せして大きくうなずいた。お父さんも「だったら……まあ、いいけどな……」と、納得しない顔ではあっても許してくれた。

フミはうつむいてしまった。叱（しか）られるときのように肩も落ちた。

「……ありがとう」

消え入りそうな声で、お母さんに言った。願いが叶（かな）ってうれしいはずなのに、「ごめんなさい」と同じ言い方になってしまった。

「よしわかった、うん、じゃあ、車で連れて行ってやるよ」

お父さんは気を取り直して言ったが、フミはうつむいたまま首を横に振った。

「電車で行きたい」

「雨なんだし、車でいいだろ」

「一人で……行きたい」

「なに言ってるんだ。電車だと乗り換えもあるし、一人で電車に乗ったこと、まだ一度もないだろ？　危ないよ、そんなの」

また機嫌が悪くなりかけたお父さんを、まあまあ、となだめて、お母さんが言った。

「だったら、お母さんと二人で電車に乗って行く？　お母さんもフミちゃんの前の学校に行ってみたいし、バザーって意外な掘り出し物があるから面白いんだよね」

　うれしかった。でも、そのうれしさは、さっきと同じように、悲しさや申し訳なさとよく似ている。

「ごめん……一人で行く」

　首を横に振って、自分の膝（ひざ）をじっと見つめた。お母さんにひどいことをしているのかもしれない、と思う。お父さんもお母さんも黙り込んでしまった。お父さんを怒らせて、お母さんを困らせて、どうしてこんなになってしまうんだろう、と考えると、頭がパンクしそうになる。

「わたしが一緒に行く」

マキが言った。

驚いて顔を上げると、マキは目が合うのを待ちかまえていたように、

「だったらいいでしょ」と言った。にこりともせず、最初からこれが正解だと決めつけているような口調だった。フミは黙ってうなずいた。まっすぐに見つめてくるマキの目に吸い寄せられたみたいに、うつむいたり横を向いたりすることができなかった。

雨のなか、駅まではみんなで車に乗って行った。お父さんとお母さんは、フミとマキを降ろしたあとデパートに行って、冬物の服を買うのだという。

「お母さんたちのほうが先に帰ってるから、もしも途中でおねえちゃんとはぐれたりしたら、すぐに電話してね」

お母さんは心配そうに何度も念を押した。マキにも「いい？　一人でさっさと先に歩いていっちゃだめよ」と釘（くぎ）を刺した。

フミもだんだん不安になってきたが、マキは「だいじょうぶだよ」とうっとうしそうに言う。「四年生で電車に乗れないほうがおかしいんだから」――早くもフミをしょんぼりさせる。

駅に入ってからも、マキはあいかわらず無愛想だった。

でも、意外とよくしゃべった。

改札を抜ける途中で立ち止まるな、駅の通路を歩くときにはキャリーケースを引く人に気をつけて、ガムを踏まないように注意して、ここの駅の階段は左側通行だから間違えるな、ホームの点字ブロックの上にカバンを置くのは非常識、この駅は急行までは停まるけど特急は通過するから、ホームの端のほうに立つと危ない、電車に乗ったら奥に入ること、ドアの前に立っていると乗り降りするひとの邪魔になる、吊革に手が届かないならシートの端のポールをしっかり持って、足を踏ん張って、広告なんかいちいち見なくていいからアナウンスをよく聴いて、降りる駅が近くなったら早めにドアの近くまで移動して……。口うるさい。そんなに怒ったように言わなくてもいいのに、とも思う。

それでも、なんだかうれしい。二人で遠くに出かけるのはこれが初めてなんだなと、乗り換え駅の跨線橋を渡りながら気づいた。

気づいたことがもう一つ。マキのポニーテールは、今日はキラキラ光る金色の大きなリボンで結んである。人込みの中で歩くのが遅れて、はぐれそうになっても、すぐにわかるように——？　訊いてみたかったが、絶対に怒られるだろうと思ったので、黙っておくことにした。

代わりに、電車を乗り換えてロングシートに並んで座ると、「おねえちゃんって、なんでそんなに駅とか電車に慣れてるの？」と訊いた。

「使ってたから」

「電車を？」

「前の学校、電車通学だったときもあるから」

「……おねえちゃんは、いまの学校と前の学校、どっちが好き？」

マキは前を向いたまま、「考えたことない」と言った。

「そうなの？」

「だって、どっちが好きでも嫌いでも、選べるわけじゃないもん。もうこっちに転校しちゃったんだし、あっちのほうがいいからっていっても戻れるわけでもないんだし、だったら比べたって意味ないじゃん」

あきらめて、すねているようにも聞こえた。でも、そうじゃないんだろうな、というのは、不思議なほどはっきりとわかった。

電車が駅に近づく。この駅で降りる。

「学校だけじゃないよ」

マキはぽつりと言って、「お父さんとかお母さんも、そうだよ」とつづけたのと同時に立ち上がった。座ったままのフミの視線を払い落とすように「傘、忘れないでよ」と言って、一人でドアのほうに向かった。


バザーは盛況だった。今年は近所の大学の自治会とも組んで、去年までの倍の規模でお店を開いているのだという。

四年生のいる売り場も忙しそうだったが、ユキちゃんが真っ先にフミに気づくと、クラスのみんなに声をかけてくれた。

みんな、「ひさしぶりーっ」「元気だったーっ？」と喜んでくれた。

でも、それだけだった。最初に盛り上がっても話はあまりつづかず、お店のほうも忙しくて、フミを取り囲んだ輪はすぐにほどけてしまった。誰も、フミが転校したのをずっと寂しがっていたようには見えない。

あーあ、と苦笑いが浮かんだ。

お店にはナッちゃんもいた。ユキちゃんと一緒に「百円均一だよーっ、安いよ安いよーっ」とお客さんの呼び込みをしていた。なーんだ、仲直りしてるんだ、と苦笑いはさらに深くなった。

悲しくはない。悔しくもない。そういうものなんだろうな、と現実をさばさばと受け容れることができた。なによりフミ自身、ひさしぶりに足を踏み入れた学校に、なつかしさは感じても、それ以上のものはなかった。そういうものなんだろうな、ともう一つの現実を受け容れたら、やっと少しだけ悲しくなってきた。

黙って隣に立っていたマキに、「ぐるっとお店を回って来ていい?」

と言った。

マキは「いいよ」とだけ答えて、でも、一緒に歩いてくれた。

「わたしねー、そんなに人気者って感じじゃなかったんだよね。年賀状も二十人ぐらいからしか来てないし、学級委員の選挙しても、二票とか三票とかで、だったらゼロのほうが名前が出ないからいいのに、って……」

返事はない。相槌もない。だからフミも、早口になったり間を空けたり、自分の思いどおりのペースで話しつづけることができた。

「いまの学校でも、一緒に帰ったりするのってツルちゃんだけだし、来年クラス替えでツルちゃんと別々になったらどうしよう、って思ってるんだけどねー……」

これからもずっと、そういう不安や心配はつづくのだろう。ひとりぼっちに強くない子は、いつもよけいなことをいろいろ考えて、失敗したり後悔したりしてしまうのだろう。

ひとりぼっちに強くなればいい――？

でも、ひとりぼっち嫌いだしなあ、と心の中でため息をついた。

「おねえちゃん」

返事はなかったが、かまわずつづけた。

「お母さんのてるてる坊主（ぼうず）って、昔から同じ顔？　目が黒い点々で、口が笑ってる？」

「そうだよ」

唐突な質問でも、マキはべつに怪訝（けげん）そうな様子もなく、軽く答えた。

「それでね、おねえちゃんびっくりするかもしれないけど、亡くなったお母さんも、同じような顔を描いてたの」

「知ってる」

「そうなの？」

「お母さん、てるてる坊主のこと、あとでお父さんから教えてもらったって言ってた」

「……ほんと？」

「うん、フミに悪いことしちゃった、って落ち込んで、後悔してた」

わたしはそんなの気にすることないじゃんって言ったんだけどね、とマキは付け加えた。ちょっと意地悪そうな口調だったが、フミもマキと同じことを思っていた。

後悔なんてすることないのに――。

でも、そういうところがお母さんらしい。というより、それがお母さんなんだな、とも思った。あの日、うれしそうにてるてる坊主を指差していたお母さんの顔が浮かぶ。跳び箱しないですむように、と言ってくれた声が聞こえる。胸が高鳴って、締めつけられる。お母さんも同じように胸が痛かったのかもしれないと思うと、いてもたってもいられない。

「……わたしも、あんなこと言わなきゃよかったって後悔してる」

「ふうん」

「……ほんとのほんとに、後悔してる」

「あ、そう」

「絶対にほんと、すごく後悔してる」

「じゃあいいじゃん、お互いさまで」

面倒くさそうに言ったマキは、不意に立ち止まった。ペット用品コーナーの前だった。「これ、買おうか」と手に取ったのは、まだ箱から出していない猫用のオモチャだった。紐を引っぱると、ボールの中からネズミが顔を出したり隠れたりするというオモチャだ。

「これも百円なの？」とフミは訊いた。

「そうだよ」

百円なら、お小遣いで買える。月の初めにもらうお小遣いは残りわずかになってしまうが、今月はもうお菓子食べない、と決めた。

「ねえ、わたしが買っていい？　ゴエモン二世に、わたしからプレゼントしたいんだけど」

勝手に比べてしまったお詫びに――。

「買いたいんなら買えば？」

マキはそう言って、自分の財布から出した百円玉をフミの頭のてっぺんに置いた。


東小を出た頃から、雨脚は少しずつ弱まってきた。電車に乗っている間に空はずいぶん明るくなって、帰り道では、無理をすれば傘なしでも歩けそうなほどの小雨になっていた。

「誰のおかげだと思う？」

フミとマキをリビングで迎えたお母さんは、えっへん、と胸を張って、一週間前と同じように窓のカーテンレールを指差した。

てるてる坊主が二つ吊してある。

でも、それは先週と同じ顔ではなかった。

どちらも睫毛の長い女の子だった。髪の毛もサインペンで黒く塗りつぶして描いてある。一つはおかっぱで、もう一つは、ちぎったティッシュペーパーでつくったしっぽをセロハンテープで頭の後ろに付けた、ポニーテール。

「こっちがフミちゃんで、こっちがマキ。意外とよく似てるでしょ？てるてる坊主は男の子だから、ウチのは、てるてる娘」

マキは「暇だねー」とあきれて言って、さっさと自分の部屋に入ってしまった。でも、ポニーテールは、風にそよぐように軽やかに揺れていた。

フミは窓辺に寄って、てるてる娘を見上げた。おかっぱもかわいい。

それでも、やっぱりポニーテールがいいなあ、と思う。

「お母さん、わたしのほうにも、しっぽ、つけて」

お母さんは「オッケー」と笑って、すぐにリクエストに応(こた)えてくれた。おかっぱ頭にポニーテールのてるてる娘ができあがった。

「ポニーテールの、てるてる娘……てるテール娘……」

ぼそぼそとつぶやくように言ったお母さんは、自分のダジャレに自分で「やだぁ」と噴き出した。フミにはそれほどウケるダジャレとは思えなかったが、おなかを抱えてひとしきり笑ったお母さんは、最後に目に溜(た)まった涙を指で拭(ぬぐ)った。

リビングの床では、お父さんが箱から出してくれたネズミのオモチャで、さっそくゴエモン二世が遊びはじめた。ボールの穴から顔を出したり引っ込めたりするネズミを、ゴエモン二世は不思議そうに、楽しそうに、前肢(まえあし)でつついていた。

第四章

1

抱っこさせてもらった赤ちゃんは、思っていたよりずっと重くて、ずっと温かかった。

「どう？　お人形とは全然違うでしょ」

お母さんに声をかけられて、フミはこくんとうなずいた。声を出して返事をするのが、ちょっと怖い。ほんとうは話しかけられるのも迷惑だった。しゃべることや聞くことに気をとられて赤ちゃんを落っことしてしまったらと思うと、それだけで全身がこわばってしまう。

「そんなに緊張しなくてもだいじょうぶだから。あとで肩凝りになっちゃうわよ」

コタツの向かい側に座った響子さんが笑う。赤ちゃんのママだ。フミと会うのは三カ月ぶり——赤ちゃんが生まれたとき以来になる。

「赤ちゃんを抱っこするのって、生まれて初めてなんだって。だから、もう、ゆうべからドキドキしちゃってて、枕でリハーサルしてたの。これでいい？　こんな感じ？　って」

お母さんは身振りを交えて響子さんに説明した。ナイショにしてほしかったことも言われてしまったが、響子さんは、わかるわかる、と笑顔でうなずいてくれた。

赤ちゃんが背中をそらすように動いた。フミはあわてて腕に力をこめる。窮屈なのだろうか。抱っこされるのに飽きてしまったのだろうか。おー、よしよし、と軽く揺すってあげると赤ちゃんはよろこぶ。テレビやマンガではいつもそうだし、ゆうべも枕で練習した。肘(ひじ)の力をうまく抜くのがコツだった。でも、そんなこと、とてもできそうにはない。赤ちゃんの体はとにかく重くて、温かくて……熱いほどだった。

「初めてでも、けっこうサマになってるよ、フミちゃん」

響子さんが言った。「やっぱりそういうところ、女の子よね」「そうね、ちゃんと胸でも抱いてあげてるしね」とお母さんと二人でフミを見て、うなずき合う。お世辞だろうか。ほんとうだろうか。どちらにしても、はにかんで笑う余裕すら、いまのフミにはなかった。

「お兄ちゃんなんて、ひどいものよ」

響子さんは、隣に座る息子のケンちゃんを笑顔で軽くにらんだ。

「外から帰ってきたら手も洗わずに赤ちゃんにべたべたさわるんだから、ばっちくてバイキンマン」

ケンちゃんは口をとがらせてうつむいてしまった。さっきからずっと、この調子だった。口数が少ない。出されたクッキーは響子さんのぶんまで食べたのに、話しかけられても返事もろくにしない。怒ったりスネたりしているのではなく、恥ずかしがっているのだ。フミは恥ずかしいときにもじもじしてしまうタイプだが、ケンちゃんはムスッとしてしまうタイプ――まだ学校から帰ってきていないマキと、ちょっと似ている。

「ケンちゃん、学校面白い？」

お母さんに訊かれて、黙ってうなずく。

「いちばん得意な科目は給食なんだよね？」

響子さんにからかわれて、体育も得意だよ、と不服そうに小声で言う。

「でも、今年のケンちゃんはすごいよね。ピッカピカの一年生になったし、お兄ちゃんにもなったんだから、大忙しだったね」

お母さんはそう言って、音をたてずに拍手をした。ケンちゃんはいっそう照れて、いっそう口をとがらせてしまったが、お母さんはうれしそうにケンちゃんを見つめる。

お母さんと響子さんは、大学時代からの親友だった。お母さんはケンちゃんのことを生まれたときからよく知っているし、フミのお父さんと再婚することも真っ先に響子さんに伝えた。

そんな縁があって、夏休みの終わりの数日間、ケンちゃんはこの家で過ごした。おなかがはち切れそうなほど大きかった響子さんが体調をくずしてしまい、赤ちゃんが生まれるまで入院することになったので、その間、お母さんがケンちゃんを預かったのだ。

新しい家で初めて迎えるお客さんだった。

あの頃、フミは家から学校までの道順を覚えきっていなかったし、マキはお風呂(ふろ)の給湯器の使い方が前の家と違っているので文句ばかり言っていた。

フミがお母さんと親子になり、フミのお父さんとマキが親子になり、フミとマキがきょうだいになってから、半月足らず——生まれたてのほやほやの家族だった。

すべてが新しく、すべてが始まったばかりだった。

フミはまだ、新しいお母さんのことを「お母さん」と呼べずにいた。

赤ちゃんをお母さんに抱き取ってもらうと、やっと緊張から解放された。

安心して息をついたら、気が抜けるのと一緒にぐったりとしてしまった。腕も、おなかも、額の生えぎわまで、じっとりと汗ばんでいる。

ミルクの香りが交じった目に見えない湯気が、さっきまで赤ちゃんのいた膝やおなかのあたりから立ちのぼっているような気もする。

「暑かったでしょ」とお母さんが言う。「赤ちゃんって体温が高いし、体ぜんたいが蒸し暑いっていうか、湿度があるのよね」

そうそう、ほんと、そんな感じ、とフミは大きく何度もうなずいた。

「赤ちゃんはそれだけ一所懸命に息を吸ったり吐いたりしてるわけだよね。すごいでしょ？　まだこんなにちっちゃいのに」

「うん……」

「でも」横から響子さんが言った。「外に出たら小さい体でも、ママのおなかの中に入ってたんだと思うと、それもすごくない？」

フミは思わず自分のおなかに目をやって、ほんと、すごいなあ、とまたうなずいた。もちろん、生まれたときの赤ちゃんはいまより小さかった。五十センチだった身長は六十センチを超え、体重も三千二百グラムから七千グラムに増えているらしい。たった三カ月で体重が倍以上になったということだって、すごいと思う。

「あ、そうか」

響子さんは不意に言った。「さっきから、ずーっと思ってたの」

「なにを？」

「フミちゃんのこと。夏に会ったときよりもおねえさんっぽいから、四年生っていうのは思い違いで、五年生だったかなあ、って思ってたんだけど……髪だったんだ、髪が長くなったから、おとなっぽくなったんだね」

「そうそう、秋からずっと伸ばしてるの」

本人より先に応えたお母さんは、「ポニーテールにしたいんだって」とも言った。これもほんとうはナイショにしてほしいことだった。もしも「マキみたいに」という一言も付け加えられていたら、恥ずかしさに顔を上げられなくなってしまっただろう。

響子さんは、ふうん、とゆっくりうなずいて、うれしそうに微笑んだ。お母さんも、少しだけはにかんで、同じようにうなずいた。

クッキーにつづいておせんべいをかじっていたケンちゃんが、ちらりと、髪の長さを確かめるようにフミを見た。目が合うとすぐにうつむいてしまう。夏休みに初めてここに来たときよりも、むしろいまのほうが人見知りしている。

それに気づいた響子さんは、「ごめんね」と笑いながらフミに言った。「この子、フミちゃんと仲良しになったから、かえって照れちゃってるみたい」

ケンちゃんはうつむいたまま、おせんべいをリスのようにかじっていった。フミも赤くなった顔を見られたくなくて、コタツ布団の中で体育座りをして、膝に顔を埋めた。

赤ちゃんのミルクの香りがうっすらと残っている。深呼吸してそれを嗅ぐと、コタツにもぐり込んでうたた寝するときのように気持ちが安らいだ。記憶に残っているはずがないのに、亡くなったお母さんに抱っこされていたときもこんな感じだったんだろうな、と思った。

2

ケンちゃんと初めて会ったときには、仲良くなれるとはとても思えなかった。

真っ黒に日に焼けて、髪はスポーツ刈り。いかにもワンパクで気が強そうな顔立ちで、タンクトップから伸びる両腕にも、半ズボンを穿(は)いた両脚にも、すり傷やアザがたくさんあった。

フミのいちばん苦手なタイプの男子だ。教室でも、そういう男子のそばにはなるべく近寄らないようにしている。

家まで送ってきた響子さんが「この子、一年生なのに甘えん坊だから、よろしくね」とフミに言ったときにも、そんなの絶対に嘘(うそ)だ、と思っていた。実際、玄関に入っても落ち着きなくきょろきょろして、響子さんに言われなければあいさつもしない。そのあいさつだって、ごにょごにょとはっきりしない声で、おじぎもいいかげんだった。そういう男子にかぎって、友だち同士でいるときには大声を張り上げ、わけもなく走りまわって、物が壊れたり自分がケガをしたりするまで騒ぎつづけるものなのだ。

響子さんとケンちゃんは、お父さんと三人で海辺の町に暮らしている。東京から電車で一時間半ほどの、小さな漁港と海水浴場のある町だ。ケンちゃんの日焼けにはシャツの跡がない。海で毎日泳いでいるうちに、こんがりと、きれいに焼けたのだろう。

お母さんは二人を車で迎えに行ってきた。車だと電車よりさらに時間がかかって、片道二時間。お母さんは帰りも響子さんを送って行く、と言った。

「夕方は道が混みそうだから、ウチでトイレだけすませとけば？」

響子さんは「大変だからいいわよ、わたし電車で帰れるから」と遠慮していたが、お母さんは「こういうときに使い倒さないと、親友の意味がないでしょ」と譲らない。

優しいお母さんだ。明るくて元気なお母さんでもある。一緒に暮らしはじめる前から、フミにもそれはよくわかっていた。だから逆に、お母さんに「ね？　フミちゃんもそう思うよね？　それが親友ってものだよね？」と話を振られると、全身が固まって、なにも応えられなくなってしまう。

フミの返事がなかったので、ぎごちない空気がリビングに流れた。

それを救ってくれたのは、マキだった。

「響子おばさん、お母さんにドライブさせてあげて」

幼い頃からよく知っている仲なので、口調も親しげだった。

「そう？」と響子さんもほっとした顔になる。

「だって、お母さんがウチにいても宿題のことばっかり言ってうるさいし」

まあっ、とお母さんはおどけて頰をふくらませた。

「あと、お母さんって車の中でユーミンをがんがん歌うのって大好きじゃないですか。一緒に乗ってたら迷惑なんだけど、帰りは一人になるわけだから、たまには思いっきり歌わせてあげようかな、って」

なるほど、と笑った響子さんは、「ストレス解消ってわけだよね」とうなずいた。なにげない軽い一言だった。でも、お母さんは一瞬ひやっとした顔になり、響子さんも、あ、いけない、というふうに目をそらした。

フミもストレスの意味は知っている。お母さんはストレスが溜（た）まっているんだろうか。だとすればなにが原因なのか、考えると悲しい答えに行き当たってしまいそうなので、聞こえなかった聞こえなかった、全然ワケがわかんなかった、と自分に言い聞かせた。

「じゃあ、トイレ借りるね」

響子さんは大きなおなかを両手でかばいながらソファーから立ち上がった。

ケンちゃんはトイレに向かう響子さんを心配そうに見送っていた。それに気づいたフミは、ほんの少しだけ、ケンちゃんのことを見直した。意外と優しい子かもしれない。でも、やっぱり、仲良くなれるとは思えなかった。

トイレをすませてリビングに戻ってきた響子さんは、戸口からお母さんに目配せした。

お母さんは小さくうなずいて、「ねえ」とフミを振り向いた。「フミちゃん、響子おばさんがね……ごあいさつしたいって言ってるんだけど、いいよね？」

一言だけ、大事な言葉を端折(はしょ)っていた。ちょっと考えれば見当のつくことだったのに、考えるより先に「誰に?」とつい聞き返してしまった。

水ようかんを食べていたマキは、いかにもムッとした様子で顔をそむけた。声にはならなかったが、言わせんなよ、と口が動いた。

「あのね……だから、お母さんの写真に……」

お母さんの声は、いつものおしゃべりのテンポの良さが消え失せていた。

ここにいるじゃんお母さん、とマキがつぶやいた。フミはそれでやっと、お母さんが端折った言葉や、言い淀んでしまった理由がわかったのだ。

「……ごめん」

しょんぼりとうつむいて謝ると、お母さんは逆に「そんなことない、全然ないって。お母さんって、ほら、おしゃべりなくせに抜けてるから、こっちこそごめんね」と謝ってくれた。

でも、マキは「お母さんが悪いわけじゃないと思うけど」と早口に言うと、食べかけの水ようかんのお皿を持って二階に上がってしまった。

いつものことだった。マキはこの家に来てからずっと不機嫌で、気に入らないことがあるとすぐにプイッと顔をそむけてしまう。もともと無口なのはフミも知っていたが、一緒に暮らしはじめる前、日曜日の昼間だけ外で会っていた頃よりもさらに無愛想になってしまった。

響子さんはお母さんに案内されて、フミのほんとうのお母さんの写真がある和室に入った。お父さんとフミが二人暮らしをしていたマンションには、仏壇もあったのだが、この家に引っ越してくるとき、仏壇はお母さんの実家に引き取られた。お父さんがそう決めたのだ。

写真も、最初はなかった。お父さんは仏壇と一緒に家族のアルバムもいったん手放していた。でも、いまのお母さんは、引っ越し荷物にアルバムがないのを知ると、急に怒りだした。泣きながら怒っていた。お父さんと夜遅くまで話をした翌朝、亡くなったお母さんの実家に自分で電話をかけて、送り返してもらった。そのアルバムの中から写真を選んだのも、いまのお母さんだった。亡くなったお母さんがいちばん美人に撮れている一枚を選んでくれた。

お母さんは優しい。ほんとうに優しくて、好きか嫌いかで訊(き)かれたら、迷うことなく「大、大、大好き」と答えられる。

なのに、心のどこかで、お母さんのことを「大、大、大好き」になってはいけないんじゃないか、とも思っている。お母さんが優しければ優しいほど、お母さんのことを好きになればなるほど、その思いは強くなっていく。


響子さんとお母さんが和室に入ると、リビングにはフミとケンちゃんだけが残された。

水ようかんをあっという間に食べ終えていたケンちゃんは、退屈そうにスプーンをカチャカチャとお皿にあてて鳴らしていた。

フミは「今日、暑いねー。車の中も暑かったでしょ」と声をかけてみた。

ケンちゃんは「暑かった」とだけ応えた。

「最高気温、何度ぐらいになるんだろうね。三十五度ぐらいになっちゃうかもね」

「さあ……」

「知ってる？　最高気温が三十五度以上だと『猛暑日』っていうんだよ」

「ふうん」

「でも、ほんと、今年って暑いよね。もうすぐ九月なのにね」

「うん……」

「宿題すんだ？」

「まだ」

「けっこう残ってるの？」

「残ってる」

「工作とか？」

「うん」

まるで会話にならない。あきらめて、手持ちぶさたになってしまわないよう、水ようかんを少しずつ食べていった。

ケンちゃんがこっちを見ている。フミが顔を上げると、すぐにうつむいてしまう。でも、フミの目が水ようかんに戻ると、またちらちらと様子をうかがう。やりにくい。考えてみれば、前の家でもいまの家でも、自分より年下の子がいるというのは初めてのことだった。

そうでなくてもマキの顔色ばかりうかがって、お母さんとの会話に気疲れしているのだ。九月から転入する新しい学校のことも、友だちができるか、勉強についていけるか、いじめられたりしないか、心配でしかたない。

正直に言えば、ケンちゃんの相手をしている余裕などなかった。

でも、お母さんに「フミちゃん、ケンちゃんのことよろしくね」と頼まれたのだ。

「ケンちゃん、ママのことすごく心配してるから、フミちゃんが優しくしてあげて。ケンちゃんとフミちゃん、きっと仲良くなれるから」

ほんとだよ、といたずらっぽくウインクして、笑ったのだ。

お母さんの車に乗り込む響子さんを、ケンちゃんは門の外で見送った。

「じゃあ悪いけど、ケンスケのこと、よろしくね」

後ろの席に座った響子さんは、窓を開けるとまずマキとフミに声をかけ、それからケンちゃんと向き合った。

「おばさんやおねえさんたちの言うことをよーく聞いて、ワガママ言っちゃだめよ」

ケンちゃんはうつむいて、とがらせた口をキュッと結んでいた。

「赤ちゃんが生まれそうになったら、すぐに連絡するからね」

返事はない。

「赤ちゃんの名前、考えといてね」

へえーっ、名前を付けさせてもらえるんだ、とフミはちょっとうらやましくなったが、ケンちゃんはあいかわらず、響子さんと目も合わせずに黙り込んでいる。

響子さんもそれ以上はなにも言わず、微笑み交じりにうなずいて窓を閉め、前に向き直った。

お母さんは車をゆっくりと発進させた。ケンちゃんはずっとうつむいていた。車が角を曲がって見えなくなってからも、うつむいたまま、その場から動こうとしなかった。

マキは車が走り出して早々に「暑ーい、もう死にそう」と家の中に入ってしまったので、フミが付き合って居残るしかなかった。

ケンちゃんは、やっと顔を上げた。車が角を曲がってからもう何分もたっていたのに、もしかしたら万が一の奇跡を信じていたのだろうか、通りの先に車の姿がないのを確かめると、またうつむいて、とぼとぼと歩きだした。

リビングに入るまでは、それでも感情をグッとこらえていた。

フミがよけいなことを言ってしまった。

「だいじょうぶだよ、ママ、元気に赤ちゃん産んでくれるよ」

励ますつもりだったのに、張り詰めていたものがその一言でプッンと切れてしまったみたいに、ケンちゃんはテーブルに突っ伏してしまった。

やがて、丸まった背中が小刻みに震えはじめた。押し殺した嗚咽(おえつ)が聞こえてきたのは、それからほどなくのことだった。

フミはその背中をじっと見つめ、その嗚咽をじっと聴いた。
ごめん。声に出さずに言って、ほんとにごめん、と繰り返した。
マキもリビングにいた。ソファーに寝ころんでマンガを読んでいた。
でも、マキはなにも言わず、フミにもケンちゃんにも目を向けずに、
マンガのページをめくるだけだった。

3

ケンちゃんは夕方には元気を取り戻していた。泣き疲れた頃を見計らって、フミが「ゲームでもする?」と誘ったのがよかった。家から持ってきたゲームソフトをずらりと並べたケンちゃんは、よっぽど好きで得意なのだろう、「なんでもいいよ」と自信たっぷりに言ったの

だ。

フミもゲームは得意なほうだ。もともとお父さんもゲームが好きなので、二人暮らしの頃には、よく一緒にやっていた。でも、ケンちゃんには歯が立たない。一年生とは思えないほどうまい。「すごいねー」と感心すると、「だってオレ、男子だもん」と生意気なことを言って、しゃべっている間にも敵をどんどん倒してポイントを貯めていく。

「ゲームばっかりやってるんじゃないの？」

「そんなことないよ。オレ、クロールでプールの長いほうを泳げるし、短いほうだったら背泳ぎでも泳げるし、平泳ぎでいいんだったら、長いほうを往復できちゃうもん。それってクラスで五人しかできないんだから」

「へえーっ、水泳得意なんだね」

「サッカーもうまいよ」

「勉強は？」

「……ふつー」

ってていうことは普通以下の成績なんだろうな、とフミは笑った。ケンちゃんも「ふつーだけど、あんまり好きじゃない」と、少しだけ正直に認めた。

「海で釣りとかするの？」

「たまにパパと行くけど、オレ、ほんとは磯遊びのほうが好き」

「磯遊びって？」

「知らないの？　四年生なのに？」

「……いいから教えてよ」

潮が引いたときに海岸の磯に出ると、でこぼこした岩場に、満ち潮のときの海の水が残る。それを潮だまりという。広さも深さもさまざまで、プールのように泳げる潮だまりもあれば、手のひらで水をすくったらなくなってしまう潮だまりもある。

「いろんな生き物がいるんだよ。ヒトデとか、イソギンチャクとか、クラゲとか。カニもいるし、エビもいるし、あと、ウミウシとかアメフラシとかがいたらラッキーだし、魚もけっこういるから」

「どんな魚？　タイとかマグロ？」

「いるわけないじゃん」

ケンちゃんはあきれたように笑った。沖に棲む魚や大きな魚は、さすがにいない。でも、小さなハゼはしょっちゅう見つけられるし、広い潮だまりには、ときどきボラの幼魚の群れが取り残されていることもある。

「中学生とか高校生は、タコも獲ったりしてる。竹の棒を岩の陰に突っ込むだけだから」

「そんなので獲れるの？」

「うん、楽勝。タコが勝手に棒に巻き付いてくるんだもん」

「面白そーうっ、やってみたいなあ」

「今度遊びに来ればいいじゃん」

「うん、行く」

そんなおしゃべりをしているうちにも、ケンちゃんは敵を次から次へと倒しつづけている。ポイントの欄には、いままでフミが出したことのない高得点の数字が表示されていた。ケンちゃんも「あ、今日、マジに調子いい」と、ご機嫌になってコントローラーを操作する。

さっきの涙の名残は、もうどこにもない。もうすぐ帰ってくるはずのお母さんに心配をかけずにすんで、ほっとした。それに、ケンちゃんと仲良くやっていくコツも覚えた。ゲームのついでにおしゃべりするほうが、お互いに言葉がすんなりと出てくる。笑い方も素直になる。目が合わないぶん、照れくささを感じずにすむのだろうか。考えることのぜんぶを話に集中させない方が、気が楽になるのだろうか。

お母さんやマキとも、こんなふうにすれば、もっと自然なおしゃべりができそうな気がする。

でも、二人はゲームをまったくやらない。一緒に暮らすまで知らなかったのだが、ゲーム機すら持っていなかった。お母さんはともかく、マキがゲームをやらないというのは信じられなかった。友だちと遊ぶときに困らないのだろうか。

マキはまだリビングにいる。ソファーでマンガを読んでいる。ゲームの音楽がうるさい、と文句を言われるのは覚悟していたのに、なんの関心もなさそうにページをめくっている。

「死んじゃうよ！」

ケンちゃんの声に我に返った。マキに気を取られていた隙に、敵に挟み撃ちにされた。いけない、いけない、とあわててコントローラーを操作したが、逃げ切れなかった。

これでフミのプレイヤーは全員やられてしまい、ゲームオーバーになった。

「だいじょうぶだよ。オレがクリアしたら、フミちゃんのもよみがえるから。ちょっと待ってて、すぐクリアしちゃう」

ケンちゃんはフミがやられた敵をあっさり倒した。

「……すごいね、ほんとに」

一緒にやっていても、足手まといになってしまう。ケンちゃんのうまさに感心する思いは変わらなかったが、さっきまでのワクワクした楽しさはいつの間にか消えてしまい、代わりに、げんなりした疲れを両肩に感じた。夢中になりすぎたのだろうか。目がしょぼしょぼするし、動かしつづけた親指の関節も痛い。延々繰り返されたテーマ音楽が耳にこびりついて、その奥でケンちゃんの声がいくつか聞こえていた。

死んじゃうよ。だいじょうぶだよ。よみがえるから。死んじゃうよ。だいじょうぶだよ。よみがえるから……。

あまり気分のいい響き方ではなかった。

フミはコントローラーを床に置いて、マキを振り向いた。ダメでもともとのつもりで「次、おねえちゃんがやってみる？」と声をかけると、マキはマンガから目を離さず、ページをめくりながら、「やらない」と言った。とりつく島もない無愛想な言い方が、いつも以上にキツく聞こえた。

ダメでもともとのつもりだったはずなのに、約束を破られたような悲しい気持ちになってしまった。しょんぼりと肩を落とすと、マキはまたマンガのページをめくりながら、「あのさー、フミ」とつづけた。

「……なに？」

「お母さんがあんたに言ってた『仲良くなる』って、こういうことじゃないと思うよ」

その言葉に覆いかぶさるように、音楽がファンファーレに変わった。

「よーし、クリア！　全員、ふっかーつ！」

ケンちゃんは歓声とともにガッツポーズをして、フミに言った。

「生き返ったよ！　フミちゃんのプレイヤー、全員よみがえったでしょ？」

画面に表示されたプレイヤーの数は、〈0〉から〈3〉に増えていた。

　でも、ちっともうれしくない。

「すごいねー……」

　形だけケンちゃんを褒めて、「もうやめようか」と言った。

「やめちゃうの？」

「うん、ちょっと疲れちゃったし、もっと難しくなるんでしょ？　わたしには無理だよ」

「平気平気、死んでもまたオレが生き返らせてあげるから、いいじゃん」

　ケンちゃんは張り切っている。楽しそうだ。でも、たしかに「仲良くなる」というのとは違う気がする。

「ねえねえ、ケンちゃん」

マキが言った。「どうでもいいんだけどさあ」と、なにかのついでのような軽い声で、マンガのページをめくりながら、つづけた。

「死んじゃうとか、生き返るとか、そういうこと言うの、やめてくれる？」

「え？」

「ムカつくんだよね、聞いてると」

ケンちゃんはきょとんとしていたが、フミは大きくうなずいた。あ、そうか、そうなんだ、そうだったんだよね――さっきから胸でモヤモヤしていたものの正体が、やっとわかった。

目が合ったらいいな、と期待してマキをしばらく見つめた。

でも、マキはまたマンガの世界に戻ってしまい、肝心のケンちゃんも、マキの言いたいことをちっともわかっていなかった。

「じゃ、オレ、一人でやっていい？　いいでしょ？　いま、マジ、調子いいから」

コントローラーを構え直して、新しいステージに入る。さっそく敵が現れた。いままでよりうんと強くてタフな敵だった。ケンちゃんも攻撃をかわすのに苦労している様子だったが、最後はみごとに倒した。

「やった！　ママ！　見て見て！」

はずんだ声でフミを振り向き、言い間違いに気づいて、決まり悪そうに苦笑した。

ゲームで勢いがついたのだろう、お母さんが帰ってきてからも、ケンちゃんは元気によくしゃべって、よく笑った。ごはんもたくさん食べたし、お風呂にも一人で入った。ときどきお母さんを「ママ」と呼び間違えることがあったが、照れ笑いからは少しずつバツの悪さが消えていき、おかげでフミも「ほら、また間違えた！」と笑ってからかうことができた。

晩ごはんのあとは、お母さんが、帰り道での響子さんの様子を教えてくれた。

ケンちゃんを預かってもらったことで、響子さんはとても安心していたという。これで大きな心配事が消えた。明日の朝には病院で検査を受けて、そのまま入院する。あとは数日中に訪れるはずの陣痛を待つだけだった。

「ケンちゃんの写真も病院に持って行くって言ってたわよ。あと、『母の日』に描いてくれたママの絵も飾っておくから、って」

「あんまりうまく描けなかったんだけど……」

はにかんで言ったケンちゃんは、ふと不安に駆られた顔になって、「だいじょうぶだよね？」と念を押した。「赤ちゃんが産まれるとき、病院まで連れてってくれるんでしょ？」

「うん、そうよ」

「間に合う？　絶対に間に合うよね？」

「平気平気。おなかが痛くなってから赤ちゃんが産まれるまでは、何時間もかかるんだから。マキのときなんて、朝におなかが痛くなって、産まれたのは夜の九時過ぎだったんだよ」

「ナンザン？　アンザン？」

「難しい言葉、よく知ってるねえ」

お母さんは、いい子いい子、と頭を撫でる手振りをして、「思いっきり難産だった」と言った。「おばさんのおなかの中にいるとき、ヘソの緒が体に巻き付いちゃって、それがなかなかほどけなくてね……」

フミも初めて聞く話だった。マキは顔をしかめて「もういいじゃん」と言ったが、お母さんはフミが身を乗り出して聞いているのを確かめると、ケンちゃんに「ママはだいじょうぶよ。ちゃーんとお医者さんが調べて、だいじょうぶってわかってるから」とひと声かけて安心させてから、話をつづけた。

「結局、ヘソの緒を巻いたまま産まれてきたんだけど、ちょうど首のところにヘソの緒がかかってて、最後は息があんまりできない感じになっちゃって……もうちょっとヘソの緒が上のほうに巻き付いてたら、もしかしたら、危なかったかもしれない、って」

ふうん、とうなずいたケンちゃんは、「フミちゃんのときは？」と訊いてきた。

お母さんは一瞬ぎくっとした顔になり、フミの背中にも冷たいものが走った。

「うん……フミちゃんは、ふつー、だった」

お母さんの言葉に、フミも「そうそうそう、ふつー、ふつー、ふつー」と合わせた。

ケンちゃんは屈託なく「じゃあ、よかったね」とフミに笑いかけてくれたが、うまく笑顔で応えられたかどうか、自信はなかった。

マキは黙っていた。言ってほしくないことは、なにも言わずにいてくれた。さっきよりさらに険しいしかめっつらになって、お母さんをにらむ。ほら、だから言ったじゃない、と勘の悪さを咎めるようなまなざしだった。


とにかく、ケンちゃんは元気だったのだ。寝る前にも元気いっぱいに「おやすみなさーい」とあいさつして、人見知りされたらどうしようと案じながら会社から帰ってきたばかりのお父さんをホッとさせていたのだ。

和室にお母さんと布団を並べて寝た。横になるとすぐに寝付いて、掛け布団代わりのタオルケットもすぐにはだけて、気持ちよさそうに大の字になったのだ。

でも、真夜中の二時過ぎ、半分寝ぼけながら、しくしくと泣きだした。そのときはお母さんに背中をさすってもらっているうちにまた寝入ってしまったのだが、明け方には、おねしょをしてしまった。

朝、洗濯したシーツを乾燥機にかけながら、お母さんは起きてきたフミに言った。

「ちょっとずつ、ちょっとずつ、寂しさが溜まってたんだろうね」

「でも……元気だったけど」

「寂しいから元気だったんじゃない？」

お母さんを「ママ」と呼び間違えたときの照れ笑いを思いだした。ほんとうはあれは泣きだしそうな笑顔でもあったんだと、いまになって気づいた。

「悲しいときって、涙に向かって一直線っていう感じでしょ。でも、寂しさって、そうじゃないのよね。夜のうちに雪が積もって、朝になったら外が真っ白になってるみたいな……」

こんな暑い日に雪のたとえ話をされてもよくわかんないか、とお母さんは笑った。

そんなことはない。伝えたいことはなんとなくわかる。

「だから……男の子ってうっとうしいと思うけど、ケンちゃんと仲良くしてあげてね」

その言葉も、最初に聞いたときよりもすんなりと胸に染(し)みた。

4

二日目のケンちゃんは、初日よりずっとおとなしかった。夏休みの宿題をやっていた午前中はもちろん、午後になっても家から持ってきたクイズの本を黙って読んでいるだけだった。

「あの子、爪(つめ)を噛(か)んでるね」

お昼ごはんの片づけを手伝いながら、マキがお母さんに言った。お母さんもすでに気づいていて、「小学校に上がる前に直したって言ってたんだけどね……」とため息をついた。

「赤ちゃん返りっていうんでしょ？」

「そう……」

知らなかったフミに、お母さんが説明してくれた。赤ちゃんができると、上の子が急に幼くなって、お母さんにべたべた甘えたり、いままでできていたことができなくなったり、幼かった頃の癖が出てきたりすることがある。それを「赤ちゃん返り」と呼ぶのだという。

「ママを赤ちゃんに取られたくないのよ。だから、自分も赤ちゃんに戻って、ママにかまってもらおうとするの」

実際に赤ちゃんのようなしゃべり方になってしまう子もいるし、お母さんのおっぱいを欲しがる子もいるらしい。

「ケンちゃんもそうなの？」

「うん……まあ、おねしょや爪を噛んだりする程度だから、たいしたことないんだけどね、でもやっぱり、寂しいのよ。ママに会えないっていうのも寂しいし、会えないまま赤ちゃんが産まれちゃうっていうのも寂しいし、ママが遠くに行っちゃうような気がしてるんだろうね」

お母さんは、自分のぶんのお手伝いを終えたマキがキッチンを出て行くのを待って、小声でフミに言った。

「きょうだいができるのって、すごくうれしいことだけど、すごく寂しいことなんだよね、上の子にとっては」

ほんとよ、と念を押して笑う。小さくうなずいたとき、庭のほうから話し声が聞こえた。ケンちゃんとマキだった。ケンちゃんははしゃいで笑っていた。マキの声はほとんど聞き取れなかったが、庭でなにをしているんだろう……と思う間もなく、ケンちゃんがテラスからリビングに上がって、キッチンまで駆けてきた。

「見て見て見て！　マキちゃんにテントウムシもらっちゃった！」

テントウムシを載せた手のひらに、もう片方の手のひらで蓋をしていた。

「いい？　逃げたら困るから、一瞬だけね、一瞬だけ」

もったいぶって手のひらの蓋を開けて、テントウムシを見せると、お母さんはびっくりするほど大げさに「うわあっ！　すっごーいっ！」と驚いて、「よかったね！　宝物だね！」とうれしそうにケンちゃんに言った。

えへへっ、とはにかむケンちゃんの後ろを、庭から戻ったマキが「もう、なんでこんなに暑いのかなー……」とぶつくさ言いながら通り過ぎて、二階に上がっていった。

「マキちゃん、ありがと！」とお礼を言うケンちゃんに階段を上りながら応える声は、「はいはーい」といかにも面倒くさそうだったが、ケンちゃんは満足顔でお母さんに向き直り、「おばさん、ジャムかなにかの空き瓶ちょうだい！」と声をはずませた。

仲良くなるというのは、こういうことなのかもしれない。

「じゃあ、探しとくから、その間にケンちゃんとフミちゃんは、ヒマワリとかアサガオの葉っぱを取ってきてくれる？」

お母さんは、フミとも仲良くしてくれる。

仲良くなろう、と思っていてくれる。
それがわかっているのに——わかっているから、「お母さん」と呼びかけようとすると、喉の奥がキュッとすぼまってしまう。

夕方になって陽が少し翳った頃、お母さんは買い物に出かけた。
マキは自分の部屋で本を読んでいて、フミはリビングで算数のドリルをやっていた。「フミちゃん、今日もゲームで勝負だよ」と張り切っていたケンちゃんは、和室でお昼寝をしている。ガーゼの蓋をしたガラス瓶に入れたテントウムシを見ているうちに、寝入ってしまったのだ。でも、たとえケンちゃんが起きていても、今日はゲームはやらなかったような気がする。

カナカナゼミが近所のどこかで鳴いている。夏休みもあとわずかで終わる。二学期からは新しい学校に通って、ほんとうの意味での新しい生活が始まる。わくわくする気持ちと不安な気持ちとを比べてみたら、やっぱりまだ、不安のほうが強い。

和室でケンちゃんが起きた気配がした。おねしょ、だいじょうぶだったかな、と襖(ふすま)を開けて様子をうかがうと、ケンちゃんはタオルケットをおなかに巻きつけたまま体を起こして、フミの亡(な)くなったお母さんの写真を見つめていた。

勝手に見ないでよ、と言いたかったが、そんなのひどいか、と思い直して、部屋に入った。

「よく寝てたね」

声をかけると、ケンちゃんは写真を見つめたまま、「オレ、知ってるよ」と言った。

「なにが？」

「このひと、フミちゃんのほんとうのお母さんでしょ？」

「うん……」

「フミちゃんとマキちゃん、きょうだいでも、血がつながってないんだよね？」

「そう……」

「フミちゃんとおばさんも、同じだよね？」

赤の他人でしょ、と言われたら、そんなことないよ、と首を横に振るつもりだった。

でも、ケンちゃんはそれ以上はなにも言わず、しばらく黙り込んだ。フミも、話を先に進めるわけにも部屋を出て行くわけにもいかずに、しかたなくケンちゃんの隣に座った。

不思議だった。ぺたんと座って、ケンちゃんと同じようにお母さんの写真を見つめていると、自然と言葉が出てきた。

「赤ちゃんって、女の子なんだってね」

「うん。妹でも弟でも、オレ、兄ちゃんになるのは同じだけど」

「そっか、どっちにしてもお兄ちゃんはお兄ちゃんなんだ。そういうの考えたことなかったけど、ほんとだね」

「お兄ちゃん」「お姉ちゃん」だけでなく、「お父さん」や「お母さん」もそうなんだ、とも気づいた。子どもが息子でも娘でも、お母さんはお母さん。子どもが一人でも二人でも三人でも、もっとたくさんいても、お母さんはお母さん——それは、すごくいい考えだと、思う。

「赤ちゃんの名前、ケンちゃんが付けるんでしょ？　もう決めたの？」

「うん……でも、どうしようかな、って思って……まだわかんない」

「いいじゃん、教えてよ」

「えーっ」

「絶対に言わないから、ね、教えて」

ワイドショーのレポーターみたいに、マイクを突き出す真似をした。

体をよじってマイクをかわしたケンちゃんは、「じゃあさあ、その前に、オレにも教えて」と言った。

「なに？」

「あのね……ほんとうのお母さんと、いまのお母さん、フミちゃんはどっちが好きなの？」

部屋の空気が、一瞬にしてこわばった。のどの奥がいつもよりキックすぼまって、声どころか息も詰まってしまった。

動かないお母さんは、ただ静かに微笑んでいる。

動いているお母さんが、いま、「ただいまー」と玄関のドアを開けた。

ケンちゃんは質問の答えを急かそうとはしなかった。でも、言葉にならない答えまで読み取ろうとするように、フミの顔をじっと見つめていた。

「ケンちゃん、マキ、フミちゃん、アイス買ってきたから、しゅうごーう！」

お母さんの声が聞こえる。

もう一人のお母さんの声は、忘れていないけれど、もう聞こえない。

逃げるように目をそらした、そのとき――リビングの電話が鳴った。

予定日より早く陣痛が始まった。ケンちゃんのパパも同じように病院からの連絡を受けて、急いで会社から向かうのだという。

お母さんはケンちゃんを車に乗せると、おろおろするフミに「一緒においで」と声をかけた。「わたしも？」とフミは驚いて、いっそうあせってしまったが、お母さんは「いいから！」と、珍しく――というより初めて、叱りつけるようなとがった声をあげた。

マキも一緒だった。お母さんよりも先にケンちゃんから「マキちゃんも来てよ」とせがまれて、後部座席にケンちゃんと並んで座った。マキはケンちゃんには優しい。あわてて家を出たケンちゃんが置き忘れていたテントウムシのガラス瓶のこともマキが思いだして、家に取りに戻ってくれた。「こんなもの置いて行かれても迷惑だから」とガラス瓶を渡すときの口調はぶっきらぼうだったが、ケンちゃんはうれしそうな笑顔で受け取った。

「生き物なんだから大事にしてあげないとダメなんだよ」

「はーい」

「で、どうするの?」

「って?」

「向こうのウチに着いたら放してあげるんでしょ？　このまま瓶に入れてても、すぐに死んじゃうんだからね」

うなずくケンちゃんの顔が微妙にこわばった。死んじゃう、の一言が怖かったのだろうか。ゲームではあれほど軽く口にしていたのに。

「それとも」マキはつづけた。「遠くに連れて行っちゃうのがかわいそうだと思うんなら、ここで放してあげる？」

ケンちゃんは少し迷って、首を横に振った。

マキは「わかった」と言うと、あとはもうテントウムシの話はしなかった。

フミは助手席に座っていた。お母さんが運転してフミが助手席というのは初めてのことだった。最初はフミも後部座席に座るつもりだったのに、マキに「三人だと狭いから、あんた前に行ってよ」と追い払われた——助手席を譲ってもらったんだろうな、といまなら思う。あの日マキが優しかった相手はケンちゃんだけじゃなかったんだな、とも。

赤ちゃんはその夜、日付が変わった頃に産まれた。出産に立ち会って分娩室で響子さんと一緒にがんばったパパに代わって、看護師さんが待合室に呼びに来たとき、ケンちゃんはベンチに横になって眠り込んでいた。じつを言うとフミも、起きてなきゃ起きてなきゃ、と自分に言い聞かせながらも、そのときはベンチで寝入ってしまっていたのだ。

閉じたまぶたの中に、夢とも記憶ともつかない風景が広がっていた。病院に向かう途中、海辺の道路を走った。ケンちゃんが磯遊びをしている海岸のそばも通りかかった。「ここだよ、ここにいろんな生き物がいるんだよ！」とはずんだ声で教えてくれたケンちゃんは、窓を開けると、潮風を気持ちよさそうに吸い込んでいた。ほんの一晩でも海から離れると、潮風が恋しくなるのだろう。あいにく日はすでに暮れ落ちていたし、潮も満ちていたので、磯の様子はほとんどわからなかった。でも、沖のほうで光る漁り火はとてもきれいで、キラキラとした光が星座のように並んでいた。その光が暗闇の中で光って、揺れて、流れて……お母さんに肩を揺さぶられているんだと気づいて、あわてて起き上がった。

「産まれたみたい、赤ちゃん」

「ほんと？」

「うん。最初にケンちゃんが会うから、わたしたちはそのあと、赤ちゃんが産湯（うぶゆ）をつかってきれいになってから、ガラス越しにご対面だね」

そのケンちゃんは、まだ半分寝ぼけているのか、ぼうっとした顔でベンチに座っている。隣にはマキがいる。ケンちゃんを起こすために、ほらしっかり、と半ズボンから出た太股（ふともも）を、けっこう強めに叩（たた）いた。ビチャッ、という痛そうな音が聞こえて、それでやっとケンちゃんは眠りから覚めた様子だった。

看護師さんが「パパもママも待ってるわよ」と声をかけた。

うなずいて立ち上がったケンちゃんは、ふと思いだしたようにその場にしゃがんで、ベンチの下からテントウムシを入れたガラス瓶を取り出した。

「どうしたの？　そんなの持って行くの？」

お母さんはさすがに止めようとしたが、ケンちゃんは、ううんそうじゃなくて、と首を横に振って、ガラス瓶をマキに差し出した。

「あのね……やっぱり、連れて帰ってやって」

「いいの？」

「このテントウムシ、友だちとか、きょうだいがいる気がしてきた、だんだん」

マキも、フミも、お母さんも、笑わなかった。みんな真顔で相槌(あいづち)を打った。いちばん深くうなずいたのはお母さん――いちばんうれしそうなうなずき方でもあった。いちばん面倒くさそうだったのはマキだったが、「だから最初に言ったじゃん」と口をとがらせながら、小さなガラス瓶を大事そうに両手で受け取った。

看護師さんにうながされて、ケンちゃんは歩きだす。「お兄ちゃん」になったばかりのケンちゃんの歩き方は、緊張気味で、でも元気いっぱいで、ちょっとだけイバっていた。

5

学校から帰ってきたマキは、リビングの戸口で「いらっしゃい」と響子さんたちにあいさつすると、すぐに洗面所に向かった。

ほどなく、手を洗う水音と、のどをうがいする音が聞こえてくる。やっぱりおねえちゃんだなあ、とフミは思う。フミも家に帰ってくると、うがいと手洗いは必ずやっている。でも、今日は、赤ちゃんを見たとたん、ついそのままコタツに入ろうとして、お母さんに「うがいが先でしょ」と言われてしまった。

響子さんも感心したように「マキちゃん、もうほとんど中学生だね」と言った。「フミちゃんも夏休みの頃よりずーっとおねえさんになったけど、マキちゃんも、また一段としっかりしてきたよね」

「そんなことないって」

お母さんは苦笑交じりに顔の前で手を横に振って、「どんどん扱いづらくなっちゃって。先が思いやられるんだから」と言った。

半分は謙遜でも半分は本音なのだろう、今朝も二人は、「本屋に寄ってから晩ごはんまでに帰る」「なに言ってんの、お客さんが来るときぐらい早く帰ってきなさい」「だって、響子おばさんはお母さんの友だちだけど、わたしには関係ないじゃん」と、朝ごはんそっちのけで口げんかをしていた。

「フミだって、いまはまだいいけど、マキのときを思いだしてみると、やっぱり五年生になるとダメかもね、一気に生意気になっちゃうから」

とばっちりをくってしまったフミは、肩をすぼめてミカンの皮を剝いた。

ほんとうだろうか。五年生に進級すると、お母さんとぶつかったりするようになるのだろうか。お母さんの口ぶりは、その日を思って早くもげんなりしているようにも、逆にそうなるのを楽しみに待っているようにも聞こえる。

「まあ、やっぱり、子どもは赤ちゃんのうちがいちばんよね」

お母さんはそう言って、響子さんに抱っこされた赤ちゃんの顔を覗き込んで、「ねーっ、ヒロミちゃん」とおどけて言った。

ヒロミという読みはケンちゃんが決めて、パパとママが「宏海」という字をあてた。響子さんは「どうもね、ヒロミちゃんっていう子が同級生にいて、その子のことが入学したときから好きみたいなの」とこっそり教えてくれていた。両親が「海」という字をつかってくれたことを大喜びしていた、とも。

うがいと手洗いをすませて服を着替えたマキが、リビングに入ってきた。

「じゃあ、マキちゃんも抱っこしてあげてくれる?」

「うん……」

フミより少しはましな抱き方だった。でも、やっぱりぎごちない。

「まだまだだね」と、お母さんはなぜだか少しほっとしたように言って、「それにしても……」と思い出を嚙(か)みしめるようにつづけた。

「ママのおなかの中にいた赤ちゃんが、大変な思いをして産まれてきて、こうやってどんどん大きくなって、おとなになっていくっていうのは、すごいことだよね」

「いい歳(とし)して、なにあらたまって言ってるの」

響子さんはおかしそうに笑って、「こっちなんてそもそもの結婚が遅かったから、四十歳で新米ママだよ」と言った。「先は長いよ、ほんと……」

「でも、わたしだって新米だよ」

お母さんはきっぱりと言った。「フミとの付き合いは、まだ始まったばかりなんだから」と言ってくれた。

響子さんは、お母さんではなくフミを見て、微笑み交じりにうなずいてくれた。

それがうれしくて、胸がじんとして、うれしさのあまり悲しくもなってきて、ミカンの汁が目に染みた、ことにした。

「はい、赤ちゃん返しまーす」

しんみりした空気に小石を投げ込むように、マキが言った。響子さんがヒロミちゃんを抱き取ると、ミカンを二つ手に取って、さっさとコタツから立ち上がる。ミカンの一つをケンちゃんの前に置き、もう一つは自分のカーディガンのポケットに入れて、二階に上がっていった。

そっけない。冷たくて、無愛想で、めったに笑わず、やっぱり嫌われてるんじゃないかとフミをびくびくさせるところは、夏休みの頃とあまり変わっていない。

それでも、マキとフミは、まだ新米のきょうだいだった。おねえちゃんはおねえちゃんになったばかりなんだからと思うと、フミも少しだけ元気になる。わたしだってまだ妹になりたてのホヤホヤなんだからと思うと、ときどきうまくいかなくなるのはあたりまえかもね、という気もする。

「響子おばさん」

「うん?」

「もう一回、ヒロミちゃんを抱っこしていいですか?」

二度目の抱っこは、最初のときより緊張がほぐれて、自然な抱き方になった。響子さんやお母さんにも「そうそう、そういう感じ」「これくらい力を抜いたほうが赤ちゃんも安心するのよ」と褒めてもらった。

二度目だけど、こんにちは——。

フミはヒロミちゃんと見つめ合って、微笑(ほほえ)んだ。

わたしたち、同じ誕生日なんだよ――。

あの夏の日、長かった一夜が明けた帰り道、お母さんは磯遊びの海岸で車を停めてくれた。マキとフミは二人とも後部座席でうたた寝していたが、お母さんはフミだけをそっと起こした。マキが目を覚ましたかどうかはわからない。どっちにしても、車を降りたのは、お母さんとフミだけだった。

潮が引いている。行きに見たときよりもうんと遠ざかった波打ち際で、カモメが何羽も餌をついばんでいた。

「足元が危ないから、遊ぶのはまた今度にしようね」

「うん……」

「海ってすごいよね。波が寄せたり引いたり、潮が満ちたり引いたりもんね」

……ここだって、またあと何時間かすれば、海の中に沈んじゃうんだもんね」

「うん……」

「お母さん、川より海のほうが好きだなあ」

「広いから？」

「それもあるけど……川って、一つの方向にしか流れないじゃない。山のほうから海のほうにって、目の前を通り過ぎちゃったものは、もう二度と戻ってこないでしょ。なんかね、それよりも、ゆーっくり、ゆーっくり、波が来て、引いて、潮が満ちて、引いて……そういうほうが、いいなあ、って……」

お母さんは歌うように言って、フミを振り向いて「赤ちゃん、かわいかったね」と笑った。

「うん……」

ほんとうは、しわくちゃで頭だけやたらと大きな赤ちゃんは、それほどかわいいとは思えなかった。ケンちゃんも本音では少しがっかりしていたみたいで、「えーっ？　赤ちゃんって、こんなのだったの？」と不服そうに言う声が、聞こえなくても、なんとなく伝わった。

でも、白い産着にくるまれた赤ちゃんを抱っこした響子さんは、ぐったりと疲れ切った様子なのに、心の底から気持ちよさそうな笑顔だった。そしてパパは、自分が産んだわけでもないのに、すごいよ、すごいよ、すごいよ……と興奮して繰り返しながら、涙をぽろぽろ流していた。

「赤ちゃんが産まれたのって、一時過ぎだったよね。あとで帰ったら、満潮がいつだったか調べてみようか」

「そんなの関係あるの？」

「うん。どこまで科学的に正しいのかは知らないけど、潮の満ち引きと人間の命が深いところでつながってるっていう学者さん、けっこう多いのよ」

赤ちゃんが産まれるのは満ち潮のときで、ひとが亡くなるのは引き潮のとき——。

「あとね、人間の血って、しょっぱいでしょ。あれも海と関係あるっていう学者さんが多いのよ。ほら、人間ももともとは海の中にいたわけだから、遠いご先祖さまが陸に上がったときにも、体の中に海が閉じ込められてたんじゃないか、って」

だから、とお母さんはフミを指差して、つづけた。

「フミちゃんの体の中にも、小さな海が入ってるのかもね」

フミは思わず自分の胸に手をあてた。どきどきする。磯に打ち寄せる潮騒のリズムは、不思議と耳に心地よく響く。見わたす海の眺めも、初めて来た海岸なのに、なぜか懐かしい。海水浴に出かけると、よくそう思う。初めての海水浴場でも、前にも来たことがあるような気がしてしかたない。プールではそんなことは全然ないのに。

「涙もしょっぱいでしょ」

「うん……」

「泣いちゃうときっていうのは、体の中の海が満ち潮になってることなのかもね」

わかる。ほんとうにそうかもしれない。胸に熱いものが込み上げるのは、確かに潮が満ちてくる感じに似ている。

お母さんは沖のほうを眺めて、大きく深呼吸をした。いや、あくびだった。ほとんど徹夜の睡眠不足だ。フミやマキは車の中で眠っていればいいけれど――。

「お母さん、だいじょうぶ？」

するっと声が出た。あまりにもなめらかすぎて、言ったフミも言われたお母さんも、最初は聞き逃してしまったほどだった。

お母さんは目をしょぼつかせて「平気平気」と応（こた）え、ワンテンポおいてから、「え？」と驚いた顔でフミを見た。フミもそれで気づいて、口をぽかんと開けた。

いま、言った。ずっと言えなかった言葉が、こんなにもあっさりと、簡単に。

そして、どうしていままであれほど苦労していたんだろうと笑ってしまうほど、言葉はくちびるにすんなり馴染（なじ）んでいく。

「お母さん、眠くなったらいつでも休んでいいからね、っていうか、居眠り運転しちゃだめだよ、もしアレだったらコンビニに寄って、缶コーヒーとか買ってきてあげるし……」

口にした「お母さん」はたった二回でも、もうだいじょうぶだと思った。

お母さんも「ありがと」と少し照れくさそうに言って、もっと照れくさそうにつづけた。

「いろんなこと始まったね、いま」

フミの体の中に閉じ込められた小さな海は、ちょうど潮が満ちていたのかもしれない。赤ちゃんが産まれるのと同じように、フミとお母さんの新しい生活も、満ち潮のタイミングで始まるのかもしれない。そうだ。絶対にそう。その証拠に、満ち潮は、フミの胸からあふれそうになっている。

ヒロミちゃんの産まれた夏の終わりのあの日は、だから、フミにとっても大切な誕生日になったのだ。

「じゃあ、そろそろ帰ろうか」

響子さんは帰りじたくを始めた。

ひさしぶりに会ったケンちゃんは、最初から最後まではにかんでしまって、フミとはほとんど話さなかった。仲良くなったと思っていたのはフミだけで、ケンちゃんのほうはべつになんとも思っていなかったのかもしれない。

でも、フミにはどうしても伝えておきたいことがある。

あの日、あのままになっていたケンちゃんの質問に、いまなら答えられる。

ヒロミちゃんをキルトのおむつ替えシートの上に寝かせた響子さんは、カバーオールのお尻(しり)のボタンをはずしながら、「荷物を先に車に載せといてくれる？」とケンちゃんに言った。

ケンちゃんは面倒くさそうな生返事をするだけだったが、フミは「あ、じゃあ、わたしも手伝う」と、哺乳（ほにゅう）びんや紙おむつの入ったトートバッグを肩に掛けた。

「ケンちゃん、一緒に来てよ」

断られるのも覚悟して言うと、ケンちゃんは意外とあっさり、むしろそのタイミングを待っていたようにうなずいた。

外に出て、夕暮れの肌寒さに身震いしながら、「ねえ」とケンちゃんに声をかけた。

「夏休みに、わたし、ケンちゃんから質問されたことがあるんだけど……覚えてる？」

ケンちゃんは黙ってうなずいた。まるで叱られているような、しょげかえったしぐさだった。

「どうしたの？」

「……オレのこと怒ってるでしょ、フミちゃん」

聞き返す前に、ケンちゃんは「ごめんなさい」と頭をぺこりと下げた。「ほんと、ごめんなさい、ごめんなさい、ごめんなさい……」

きょとんとしていたフミの顔は、やがて笑顔に変わった。困惑が安堵になった。よかった。だいじょうぶだった。もうケンちゃんは自分で、正しい答えを見つけたのだろう。

フミはうなずいて、言った。

「わたし、どっちも好きだよ。お母さん二人いて、どっちも、大、大、大好き」

ケンちゃんも顔を上げてうなずいた。答え合わせをして、二人とも満点だったのだろう。

「ケンちゃんのママもそうでしょ？　ケンちゃんとヒロミちゃんのこと、どっちも、大、大、大好きでしょ？」

「うん……」

「心配することなかったでしょ？」

ちょっとだけ先回りして言うと、ケンちゃんは「オレ、心配なんかしてなかったもん」と口をとがらせて、車のドアを開けた。

トートバッグを入れたとき、気づいた。後部座席のチャイルドシートに、テントウムシのステッカーが貼(は)ってあった。

ふうん、なるほどね、とケンちゃんをからかってやるつもりで振り向くと、なわばりの見回りを兼ねた散歩に出ていたゴエモン二世が、ちょうど帰ってきたところだった。

ケンちゃんと会うのは初めてなのに、ゴエモン二世は物怖じした様子もなく、かえって仲良しぶりを見せつけるみたいに、フミの足元に寄って、ごろごろと喉を鳴らしながら、曲がったしっぽをすりつけた。

「この猫、飼ってるの？」とケンちゃんが訊く。

「そう。もともと捨て猫だったみたいなんだけど、ウチでごはんとかトイレのお世話してる。半分野良猫っぽくて、けっこう好き勝手に歩き回ってるんだよね」

「オス？　メス？」

「男の子」

「じゃあいいなー、弟だもんなー、妹より弟だよなー、やっぱり」

なに言ってんのと笑うと、ケンちゃんも、いまのナイショね、しーっ、しーっ、と口の前で人差し指を立てた。

ヒロミちゃんを抱っこした響子さんが、「お待たせしましたー」と玄関から出てきた。それを見たケンちゃんの顔に、ほんの一瞬だけ寂しさとも悔しさともつかない翳（かげ）りが落ちた。

でも、ケンちゃんはその翳りを振り払って、フミを「どいてどいて」と邪魔もの扱いしながらチャイルドシートのある側のドアを開けて、慣れた手つきでシートの小さな糸くずをつまみ上げる。けっこう細かい。顔に似合わずきれい好きなのかもしれない。そして、なにより、やっぱり妹が大好きなおにいちゃんだった。

ベッド型のチャイルドシートに寝たヒロミちゃんの手元に、人差し指をそっと出してみた。小さな手が、意外と強い力で指を握り込んでくる。

家の中に入っていくゴエモン二世を見送りながら、ケンちゃんは言った。

「このまえはいなかったよね、あの猫」

「うん、ウチに来たのは九月だから」

「じゃあ家族が増えたんだ、フミちゃんちも」

ケンちゃんはうれしそうに言った。

フミはそっと深呼吸する。胸がほんのりと温かくなってきた。

フミの胸の中で、また、ゆっくりと潮が満ちはじめた。

本書は、株式会社新潮社のご厚意により、新潮文庫『ポニーテール』を底本としました。但し、頁数の都合により、上巻・下巻の二分冊といたしました。

ポニーテール　上

（大活字本シリーズ）

2017年11月20日発行（限定部数500部）

底　本　新潮文庫『ポニーテール』

定　価　（本体 3,200円＋税）

著　者　重松　清

発行者　並木　則康

発行所　社会福祉法人 埼玉福祉会

埼玉県新座市堀ノ内 3—7—31　〒352—0023

電話　048—481—2181

振替　00160—3—24404

印刷製本所　社会福祉法人 埼玉福祉会 印刷事業部

ISBN 978-4-86596-200-0

大活字本シリーズ発刊の趣意

現在，全国で65才以上の高齢者は1,240万人にも及び，我が国も先進諸国なみに高齢化社会になってまいりました。これらの人々は，多かれ少なかれ視力が衰えてきております。また一方，視力障害者のうちの約半数は弱視障害者で，18万人を数えますが，全盲と弱視の割合は，医学の進歩によって弱視者が増える傾向にあると言われております。

私どもの社会生活は，職業上も，文化生活上も，活字を除外しては考えられません。拡大鏡や拡大テレビなどを使用しても，眼の疲労は早く，活字が大きいことが一番望まれています。しかしながら，大きな活字で組みますと，ページ数が増大し，かつ販売部数がそれほどまとまらないので，いきおいコスト高となってしまうために，どこの出版社でも発行に踏み切れないのが実態であります。

埼玉福祉会は，老人や弱視者に少しでも読み易い大活字本を提供することを念願とし，身体障害者の働く工場を母胎として，製作し発行することに踏み切りました。

何卒，強力なご支援をいただき，図書館・盲学校・弱視学級のある学校・福祉センター・老人ホーム・病院等々に広く普及し，多くの人人に利用されることを切望してやみません。